一水三浪

胡学文 著

长篇

天津出版传媒集团
百花文艺出版社

图书在版编目（CIP）数据

一水三浪 / 胡学文著. -- 天津：百花文艺出版社，
2020.6
（百花中篇小说丛书）
ISBN 978-7-5306-7902-9

Ⅰ. ①一… Ⅱ. ①胡… Ⅲ. ①中篇小说-中国-当代
Ⅳ. ①I247.5

中国版本图书馆 CIP 数据核字(2020)第 088475 号

一水三浪
YISHUI SANLANG
胡学文 著

出 版 人：薛印胜 **选题策划**：汪惠仁
编辑统筹：徐福伟 **责任编辑**：齐红霞
装帧设计：任 彦 **营销专员**：苏 依
出版发行：百花文艺出版社
地址：天津市和平区西康路 35 号 **邮编**：300051
电话传真：+86-22-23332651（发行部）
+86-22-23332656（总编室）
+86-22-23332478（邮购部）
网址：http://www.baihuawenyi.com
印刷：山东临沂新华印刷物流集团有限责任公司
开本：700×980 毫米 1/32
字数：60 千字
印张：5.75
版次：2020 年 6 月第 1 版
印次：2020 年 6 月第 1 次印刷
定价：30.00元

如有印装质量问题，请与山东临沂新华印刷物流集团有限责任公司联系调换
地址：山东省临沂市高新技术产业开发区新华路 1 号
电话：(0539)2925659 邮编：276017

胡学文 / 作者

一九六七年生，著有长篇小说《私人档案》《红月亮》等四部，中篇小说集《麦子的盖头》《命案高悬》等六部。作品多次入选各种选刊、选本与年度排行榜。曾获第六届鲁迅文学奖，《小说月报》第十二、十三、十四、十五届百花奖，第十六、十八届百花文学奖。

一

举着伞的陶班站在花池边，伞背灰黑，伞柄枯黄，而他的脸苍白如纸，被开得正艳的波斯菊映衬着，像从另一个世界逃亡而来，在淅沥的雨丝中，说不出的恓惶。

步出考场的阮平突然一愣，不知陶班为何立在这里，不明白他为何这副形象。监考老师都是从外校抽的，本校教师不允许进入考点，可陶班不但获准进入，还候在考场外。但阮平并未多想，稍一迟疑，点点头，转身就走。他没答好，心情糟乱。陶班不会是等他的，他成绩平平，尤其陶班所教的数学，大考小考没一次及格。陶班喜欢和成绩好的学生交流，对阮平这样的差生，连目光都吝啬，不愿意多停留。所以，当陶班喊了一声并朝他走过来，阮平惊愕得张大嘴，大脑几乎停滞。陶班走得极快，好像被追赶着，步态急促且慌乱，地面湿滑，他歪倾了一下，差点闪倒。在阮平面前立定，他的脸才露出几丝笑，微微气喘着说，我一直在等你。阮平越发困惑，盯住陶班，试图从他眼里读出些答案。从另一个世界逃亡来的陶班，方方正正的脸已经恢复了讲台上的自信和从容，左眼公式，右眼定律，高深莫测。有……事？阮平小声问。陶班将手搭在阮平肩头，重重一揽说，边走边说。

在阮平的印象里，那一刻的校园亢奋而混乱。虽然老师一再强调不准彼此询问答题情况，当然考完例外，但仍能听到议论和惊呼。一个女生捂着脸蹲在地上号哭。学生结伴走向食堂，交头接耳，某个男生被绊了一下，饭盒掉在地上。就在这混杂中，陶班挟裹着阮平走向校门口。平时阮平也住校，高考前几日才回家住，往校门口走并没错，只是与陶班贴在一起实在怪异。

跟你商量个事，陶班说，中午去我家吃饭吧，陶碧这孩子……他叹了口气，她非要把你请过去，别看她表面文静，其实很拗的，帮个忙，好不？陶碧是陶班的女儿，读高二，阮平和她同台领过奖，在学校举办的作文大赛中，他得了二等奖，陶碧是一等奖。那是他除了长跑外唯一说得过去的，不过是喜好，马马虎虎。陶碧作文好，能歌善舞，长相出众，每年的元旦晚会，她都是主角，没有不认识她的。更难能可贵的是，她性格随和，口碑极佳。但也并非谁都可以搭讪她。确如陶班所言，陶碧看上去是文静的。在阮平心目中，陶碧俨然就是公主。她要请他过去？阮平受宠若惊，立刻就应了。明白了原委，却被更大的疑惑罩住。他和她说过的话加起来没超过五句，她为什么要在这么个紧要的时刻约他？且让陶班出面？阮平忍了忍，还是问出来。陶班说去了你就知道了。阮平没再追根究底,不然显得他太没礼貌了。

陶班将雨伞向阮平这边斜了斜,如此礼遇让阮平更加不安。阮平说陶老师您淋湿了,陶班说阮平下午还要考试,淋感冒就麻烦了。阮平说这点雨不要紧,我常淋雨的。他试图移离伞盖,陶班却揽得更紧了。

阮平眩晕了一下,那感觉就像天地突然倾翻,若不是陶班揽着,他就摔倒了。紧张过度,阮平就这样,头晕目眩,还伴有耳鸣。清早,他在黄桂仙的逼迫下,硬着头皮吃了三枚鸡蛋、六个红枣、两粒冰糖。那是黄桂仙搞来的偏方,专治眩晕症的。她对偏方情有独钟,肚里装了上百个,从头到脚,没有不能治的。不止阮平,父亲和弟弟都被她治过。她煮了十枚鸡蛋,要求阮平至少吃一半,那样便能确保他在考场上不被眩晕袭扰。但空腹吃甜腻的东西,难以下咽,吃三枚鸡蛋之后,阮平再也塞不进去了。考场上阮平倒是没晕，但恶心。那比眩晕还难受，眩晕就那么一下，反胃却一阵接一阵，如同海浪。阮平没答好，与此不无关系。现在恶心终于停止，却又晕了。还好，只那么一下。他不单纯是紧张、不安，还伴有难以言说的兴奋。多年后，他仍能记起那种混杂的感觉。某种程度上说，那就是他人生的符号。

陶班住在学校东侧的家属院，从马路拐下来，是一条小街，小街没有出口，右边是高大的杨树，左边六排平房，红砖红瓦，一户一个小院。陶班住在后排最东头，院墙和房屋的根基处种植了波斯菊，刚刚打了骨朵，似乎与校园是两个季节。

陶班推开门，没有立即进屋，他转过身，冲阮平诡秘一笑，做了个请的手势。阮平迟疑着，正要说陶老师您先请，陶班拽了他一把。仿佛阮平要逃走，陶班用力甚猛。因此，阮平不像是迈进去的，更像是被陶班甩进屋的。看到陶碧和吴老师从桌边站起，笑盈盈地望着他，阮平窘得满面通红，从马路拐下来时想出的问候语突然飞得无影无踪。若不是陶班摁了一把，他不知傻站到什么时候。坐在凳子上，他才说，吴老师好。吴老师是图书管理员，他常借书，和她也算熟识。和别人不同，他借的都是推理小说。就在高考前一个月，他还借过《东方快车谋杀案》。吴老师言语不多，没问过他什么，那天半是意外半是好奇地问他，马上要高考了，怎么还看这个？阮平没有回答，抓起书就走了。想起自己的失礼，阮平甚是不安。

更大的不安是因为陶碧。他见过陶碧笑，但那是在台下、在远处，如此近距离还是第一次。她与吴老师一样是圆脸，但鼻子比吴老师挺，瞳仁乌黑，嘴唇鲜润，耳郭几乎是透明的，屋内光线差了些，又是阴雨天，但她仍然光彩夺目。如果说没有回答吴老师是失礼，那么如此放肆地盯着陶碧就是失态了。

他意识到了却管不了自己的目光,彻底失控了。但陶碧没有显得懊恼或生气,大大方方地迎视着他,甚至笑得更灿烂了一点,仿佛她请他过来就是为了让他欣赏她的微笑。在某一刻,阮平觉得陶班和吴老师不存在了,只有痴呆的他和微笑的她。

要问什么,你赶紧的,下午还有考试。陶班的声音把阮平从荒远的世界拉到餐桌前,他立刻正襟危坐。陶碧恍悟状,好像刚才她也进入了梦游状态。她问他作文题目,他说了。给出一幅漫画,分两题,先写一段说明性文字,再自拟题目写一篇议论文。陶碧瞪大眼,不无惊喜,真的吗?阮平不知她缘何惊喜,机械地点点头。我猜对了!我猜对了!陶碧有些亢奋,与之前安静甜笑的她判若两人。如果不是陶班沉下脸提醒,她就手舞足蹈了。陶班告诉阮平,高考前她押了作文题,并与陶班和吴老师打赌。阮平愕然,难道这就是她请他过来的用意?仅仅是让他做见证者？就算这样，那么多学生，为什么偏偏请他？虽然他仰慕她，仰慕她的家庭，但他与她，与她的家庭，并无更亲近的关系。阮平脑袋像堵了乱麻，整理不出任何头绪。陶班仿佛猜到阮平在想什么，解释说高三年级里，陶碧对你印象最深。把你直接从考场喊过来，不大像话，还望你不要计较，陶班欠身致歉。阮平疑窦顿消，说没关系的，误不了考试就行。陶班立即道，那当然，吃完你休息一会儿，家里那边你放心，那会儿在校门口碰见你母亲，我和她讲了。

炖鱼、炖豆腐、肉炒葫芦、肉炒芹菜、白米饭。何止丰盛，以阮平的标准，相当奢华。那是二十世纪八十年代初，许多东西有票才可以买。即便是有食材，也得精工细做才行。阮平在家里吃不到这么多样菜，任何菜在黄桂仙那里都是一锅炖。只是面对盛宴，阮平并无食欲。还好吴老师家的碗小，一碗米饭他很快就扒拉完了。

饭后，阮平独自在里间休息。陶班让他安心睡，到点会叫醒他。睡一会儿有助于思考，阮平当然懂。可人躺在那里，心却在半空悬着。他不是怕误了考试，也不是闻着枕头上陶碧的气息生出非分之想，而是连他自己也说不清的原因。他回想着另一个世界的陶班，回想着陶碧迷人的笑脸，总觉得这个高考日、这个雨天有那么一点吊诡。

午后，雨小了许多，根本用不着打伞，陶班还是撑了那把灰黑的雨伞执意要把阮平送进考场。阮平只好随他。陶班问他睡着没有，阮平说睡着了，然后再没有话了。但陶班仍如先前揽着他的肩，阮平甚是别扭。满大街，只有陶班和他在伞下躲着。

快到校门口时，一股风突袭过来，陶班没抓稳，伞从手中飞脱，滚到街上，又被风掠着连翻数个跟头。趁陶班追伞的工夫，阮平迈开大步。没错，他想甩脱陶班。然后，他便听到那几句对话。声音忽高忽低，在风里摇晃。没有完全听清，但他听明白了。食品公司，杀猪人，死，那几个字在阮平脑里跳弹了几下，迅速勾出一个画面。不祥的预感就像刚刚那股狂风，突然、迅疾，几乎将阮平掀翻。他努力站定，试图辨识声音的来源。

陶班追上来，推阮平一把，走啊，愣着干什么？阮平跳开，直视着陶班，是不是我父亲……或许是这句话，或许是阮平的神情吓住了陶班，他没有马上回答，呆愣数秒，急促地说，快到点了！陶班这句话是没错的，但恰恰是没有错误，让阮平的期待瞬间化为粉末。他没有再问，拔腿就跑。陶班呼喊，阮平已经蹿出数十米。

高中三年，阮平两次获得校运动会长跑冠军。他瘦长，像根棍子，跑起来棍底端就像安了滑轮。而在那个阴雨初歇的下午，他蹬掉了滑轮，几乎和飞差不多了。那时，街上的轿车尚少，但牛马车很多，有的车主自觉，在牲畜屁股后面罩个粪兜；有的车主自己的脸是不是干净都不在乎，对牲畜就更加视而不见，任其拉尿。拉在饭馆门口很快就被铲掉，若拉在别处，就要待上老半天，甚至一两天，直到压扁、变干才被清走。步行、骑自行车的没有直行的，既要躲车，又要躲牲畜的屎尿，那是另外的堵，如同丛林。阮平在丛林里疯跑，可能踩到了什么，也可能没踩到；可能碰到了什么，也可能没碰到，他感觉不到。他似乎听到了惊呼，但不确定那是从街两边发出的，还是他心里的声音。那一刻，他是混乱的，唯一清晰的就是他在跑。他要跑到食品公司。食品公司在宽城的南端，与学校隔三条街，有两三公里。但那一天突然伸长了，阮平跑了许久才看见水泥门垛上白地黑字的牌子。

阮平来过多次了，进门直奔南边的生产区。父亲的同事潘美红刚好从厕所出来，她认出阮平，喊了一声。阮平没听到，甚至没有注意到潘美红向他奔来。距屠宰车间有四五米时，奔跑的阮平被潘美红抓住。巨大的惯性几乎将壮实的潘美红带倒，但她反应快，猛向后撤，另一只手抓住了阮平的左臂。阮平号叫着让她松开。潘美红抓得更紧了。阮平奋力挣扎，他要冲出她的夹抱。狂怒中，他甚至去咬她。她发现了他的企图，将他的双臂扭在背后，扣成"十"字。嘴咬不着，手臂动不了，阮平只能双脚踢蹬，但也就那么几下。潘美红一手抓住他的双臂，另一手揽住他的双腿，阮平被悬空拎起。潘美红能夹抱三百多斤的猪，擒一百挂零的阮平实在是小菜一碟。阮平束手就擒，又是头朝下，除了叫骂，再无招数可施。

潘美红径直将阮平拎到办公区走廊，那时已有人围过来。潘美红松开手，他们就把他摁住了。

二

阮九江照例骑着那辆除了铃不响哪儿都叫唤的自行车，昨天刚打了气，轮胎鼓硬，车轻了许多。他本来请了假，想载阮平到学校。阮平喜欢跑着去，平时也就罢了，可今天高考，阮九江认为阮平应该享受特殊待遇。只比轿车少两个轮，比牛车可舒服多了，他跟阮平幽默了一下。阮平坚持说没几步地儿，他爬着都误不了。阮九江没有勉强，既然阮平用不着他，他就去上班了，请假要扣工资，他可不想在家里耗着。

黎明还在路上，夜黑如漆。宽城只有十字路口有路灯，而且一到午夜便闭了眼。对阮九江这样走惯夜路的人，有没有路灯无所谓，星光就够了。甚至星光也用不着。阴云盖顶他也没骑到沟里去。那一段路来来回回,几乎和他自己的脸一样熟。

铁栅门锁着,阮九江用锁头磕撞数下,看门的老张头走出来,边开边打哈欠,问阮九江怎么来得这么早。阮九江说睡不着。老张头说你还不到睡不着的年龄。阮九江说我大儿今天高考。老张头说难怪你这么兴奋,早来一个小时呢。阮九江说影响你睡觉了,老张头说你儿子中榜,可要请我喝酒啊。像阮平已经中榜一样,阮九江咧开嘴,那是一定。见阮九江往车间走,老张头问:你不等他们了?阮九江说我去那儿等。

阮九江蹲在车间门口卷了支烟,整个食品公司只有他抽烟叶。他对别人说烟卷软,抽烟叶才过瘾。确实如此,但更重要的原因是烟卷贵。养活四口人是极其吃力的,哪敢奢侈地抽烟卷呢?不喝酒也并非他说的那样闻见酒就恶心。黄桂仙爱喝几口,如果他也上瘾,开销必然增加。再说你喝酒,别人就会喊你,你今天喝了别人的,改天就得请别人喝。不喝没什么,若来而不往,那要被人轻看。虽说是个杀猪的,但他不想被轻看。

阮九江卷烟技术极好,若不是纸条外密密麻麻的字,跟机器卷出的没什么差别,尤其插在烟嘴里。没错,他喜欢用烟嘴,那个翡翠烟嘴是他唯一的奢侈品,是他用一副猪肚子换的。也许在别人眼里显得滑稽,但阮九江不在乎。我烦着呢,别惹我,他是笑着说的。或许是杀猪的原因,他的目光有难以形容的冷硬。连黄桂仙都注意到了,说他的眼神挺厉害的。而她嫁给他的时候,他像只羊羔,满脸的羞怯。那些玩笑,偶尔的玩笑,渐渐绝迹了。

抽完一支烟,同事还没到。宰杀是两人一组,只有潘美红例外,她独自宰杀。潘美红是食品公司唯一拿刀子的女性,力气却是最大的。没一个老爷们儿比得过她。所以,她可以一个人,而他们只能两人一组。而且，她杀得也利索，如行云流水。阮九江本来应该等同事到来，可他吹了吹烟嘴，装进兜里，从门口站起，脑里突然闪过一个念头。是的，他骑着咯吱咯吱的自行车往食品公司走时，并没有这个想法。他来得早，是因他睡不着。但在这空闲里，念想从天而降。

阮九江换上深蓝色的工作服，摸出圈门的钥匙。圈在车间对面，门口的木杆上吊着一盏昏黄的灯。他打开门，腥臭扑面而来。圈里是顶灯，比门口的灯还暗。猪是昨天收来的，只有九头。那些猪像是知道阮九江的到来意味着什么，来回躲窜。一头行动缓慢的猪被阮九江抓住。猪没怎么挣扎，当阮九江抓着猪的双耳将它赶至屠宰车间时，它越发乖顺了。阮九江捆绑，它也配合得极其默契。阮九江甚为惊疑，但更多的是兴奋，他要在同事到来前将猪宰杀掉。阮九江从墙上摘下刀，朝猪走过去。就在那一刻，猪突然挣脱绳索，张开嘴扑向阮九江。阮九江还没明白怎么回事，脖子咔嚓一声断了。

阮平从梦中惊醒，咔嚓声仍在耳边回响。像奔跑了上百里，他大喘着，好一会儿才平静下来。黄桂仙和阮立还在熟睡，阮立从小就有鼻塞病，呼噜声很响。相比之下，黄桂仙的鼾声轻得可以忽略。

父亲被猪咬死后，阮平常做噩梦。白日，那个画面也会跳出来，撞击得他阵阵眩晕。一个大活人，竟然被一头猪咬断脖子，不要说阮平不信，黄桂仙不信，任何一个长脑子的人都不会相信。但确实是事实。那些日子，宽城传言甚多，神秘、诡异。为此县里还专门开了一次辟谣会。

阮平没打算补习，也不单纯因为家庭遭遇变故，就自己的成绩而言，补习也没太大希望，可陶班连着三次上门动员，阮平就去了。只是人坐在教室里，脑子却不在课本上。他不停地想象、还原那个场面，还找过老张头。白日的想象让噩梦更加血腥、更加逼真。而噩梦又像催化剂，助长了他的想象、推测。还有，学校的氛围让他不适。以前没人注意他，除了跑道上，父亲意外身亡，他就像被贴了标签，走到哪儿都能被认出来。那些指戳未必有什么恶意，却让他极不舒服。

补了二十八天课，阮平终是打了退堂鼓。与其在教室里活受罪，不如早点挣钱。公司同意阮平顶阮九江的缺儿，明年就说不准了。阮平没有当面和陶班告别，写了封信委托同学转交。黄桂仙没有异议，阮平愿意补习就补习，愿意上班就上班，只是让他想好了，到时别后悔。昨天阮平找了经理，办了相关手续，今天是正式上班的日子。他上了闹铃，第一天上班绝不能迟到，没想噩梦先把他叫醒了。阮平回忆着梦境里的一切，那天如果他同意父亲送，或者父亲的车突然爆胎……他做过各种各样的假设，除了让他短暂地兴奋外，没有任何意义。但他上瘾，眨个眼的工夫就失控了，又开始假设。

窗帘宽松，没能完全遮住窗户，上端一拃宽的玻璃在阮平的瞪视中由漆黑转为灰白。闹铃仍没响，阮平怀疑是否忘了设定。他爬起来，从窗台上抓起，没等细瞅，黄桂仙说话了，早着呢，你别一遍遍地瞅。阮平不知她何时醒的，是否被他惊醒的。他顿了一下说，我怕吵醒你俩。黄桂仙翻过身，说没人怪你，醒了还可以再睡。指针不带夜光，阮平瞅了半天，愣是没看清。他摸索着将闹钟关了，重新躺下。外屋有一张床，平时阮平睡在那儿。父亲出事，黄桂仙让他搬进里屋。他什么都没问，黄桂仙的眼神他读得懂。阮立睡在中间，阮平和黄桂仙在两边。他侧耳，想确定黄桂仙是否入梦。只有阮立的鼾声，黄桂仙那边无声无息。没那么容易入睡，阮平想，除非她不装一点心事。不装是不可能的，连尚在读小学的阮立眼里也蒙了阴影。

躺了也就十分钟，阮平还是坐起来。黄桂仙动了动，她果然没睡着。黄桂仙重重地打了个哈欠，摸索着穿衣服。她不上班，不用起这么早。阮平问她，她说，我得给你热饭呢。阮九江不用她热饭，头天她准备好，他自己热。阮平没想到黄桂仙惦记着给他热饭，可他并没有领情，她的操心反让他恼火。他满十八岁了，虽不能顶天立地，也是男人了。她没有给他和父亲一样的礼遇，仍把他当孩子看。我自己可以热，他倔倔地说，你不用这么早起。黄桂仙说，算了吧，别人知道以为你没娘呢。阮平说，我不吃！意识到声音硬了，补充道，吃不下！黄桂仙哼了一声，你以为是去坐轿子？吃不下也得吃！阮平想起高考那天清早，她沉着脸让他吞服那些"药丸"，火腾地冒出来。平时他基本是顺着她的，那个黎明，他也说不清怎么回事，突然就不服管了。吃不下就是吃不下，还要灌我啊？阮平或许也意识到这句话对黄桂仙是重击，竭力压着声音，但黄桂仙仍然受了伤，她可不是忍气吞声的女人，没那么好的脾气，顿时就炸了。你个兔羔子，怎么好歹都不懂？反天你也得瞅个时辰！

阮立被吵醒，哎呀了一声，用被子蒙住头。

阮平僵住。他故意点燃了导火索，此时后悔了。那我自己热好了，你没必要早起。他的声音变小了，这是妥协的意思。黄桂仙却没放过他，一毛钱还没挣到，就学会了耍脾气！阮平未言语。黄桂仙已经穿了上衣，此时她将褂子脱下摔在脚底，气哼哼地说，你本事大，随你。阮平推门那刻，她的气终是消了，说饭在锅里，水已经填好了，不吃东西，你顶不住的。阮平说知道了。

阮平出门，天已经放亮。没等走出巷子，他就跑起来。父亲的自行车在杂物间放着，黄桂仙不让他骑。阮平原本就没打算骑。他喜欢跑，只是黄桂仙的警告让他极不痛快。虽然他清楚她是为他着想。于他，或许也是这样。他关了闹钟就是怕吵醒她，末了却和她吵了一架。阮平心情沉重，跑了一程，才舒朗了些。咚咚的脚步声、掠过脸颊的风就是他的药丸。这个“偏方”是他自己的。

到公司门口，阮平放慢脚步。这时，他听到身后嘎的一声。竟然是潘美红。你跑得可真快，我紧骑慢骑，硬是没追上，咋那么能跑？太阳还未升起，天地青白，就在清浅的光线里，阮平仍从潘美红略黑的脸上捕见大团的好奇，如云雾一样翻卷、变幻，这使得她整个人被奇异的光彩笼罩。潘美红二十八九岁了，在宽城未出阁的姑娘里，年龄绝对是超大的。介绍对象的倒是多，黄桂仙还张罗过一次。经理讲了，谁能介绍成，公司奖励一条猪腿，这使黄桂仙大受鼓舞。但都没成。各种说法，各种缘由，但都与她屠宰工的身份有关。

若只是随便说说，阮平没必要回答，笑笑就可。但潘美红的样子是认真的，枝枝杈杈的目光里挂满期待。阮平实在没什么好回答的，想了想，说跑起来就不由自个儿了。那你该去参加比赛，没准能拿个冠军，她说，为什么不呢？潘美红拿过宽城杀猪比赛的冠军，从杀到剔骨，二十分零八秒。那使她在宽城一夜成名。彼时，她二十二岁。这些阮平是知道的。他不清楚那个冠军对她有何意义，那个头衔并未让她更有魅力，恰恰相反，至少传到阮平耳里的议论是这样。他以为她会为之后悔，现在，她问他为什么不，他看出来，她没后悔过，恐怕没任何阴影或创伤。说到冠军，她的双眼突然亮了许多。

没兴趣，阮平说。这不是真话，他爱跑是真的，但速度并没她形容得那么快。追不上，只能说明她过于笨重。她壮实、有劲，但骑自行车未必好使。他瞟瞟她的自行车，比父亲的还要古老，三叉都锈成黑色了，脚蹬不知用坏了几个，新换的。与父亲不同的是，她把自行车装扮了，三根大梁都缠了彩条。

别看破，结实着呢，潘美红反应倒是快，欢快地说，一上班就跟我了，舍不得换。阮平问，是永久的吧？外观已没有任何符号可以辨认。潘美红说，不是，是飞鸽的。阮平说保养得挺好，快步走进大门。潘美红没有追，阮平用余光瞥了瞥，松了口气。一大早被她叫住，整出一堆废话，阮平感觉怪怪的。他急欲离开的另一个原因，是想起三个月前被她夹抱的情景。虽然当时他失去了控制，大脑一片混乱，但仍记得她将他头朝下抱进办公区走廊，仍记得她身上的气息。第一次没有距离地接触异性身体，竟如猎物般。

食品公司人员分行政和生产两类，而生产人员按工序的不同又分宰杀、煺毛、开膛、剔骨，有的专剔骨，有的什么都熟练，比如潘美红，虽干的是宰杀，但哪儿缺人手就会被抽调到哪儿。正是收购旺季，公司全员出动收猪。分了三个组，当日就要下乡。阮平暗想千万不要和潘美红分一组，但名单出来，他叫苦不迭。越是怕越是躲不开。头日上班，阮平不敢提出调换。而且，实在没有理由。又想，已经过去许久，别人怕是不记得了，他不必在意，说到底，她是帮了他的。她不由分说夹抱住他，或许是怕他受刺激，该谢她的。这样想着，心里不那么堵了。

另两个组稍作准备便出发了，阮平所在的组未能及时出发。那辆轻卡怎么也发动不着，好容易出了声，可哼叫几声，冒出一股浓重的黑烟后，又熄火了。到上午十点也未修好。经理骂骂咧咧一阵，让大家各自回屋等待。

阮平还没安排具体岗位，没屋。正想去老张头那里坐坐，潘美红返回来，说车间有热水。阮平说不渴。潘美红说明儿你还是带个杯子来。阮平不知她对所有人都这么热情，还是唯有对他关切。阮平点了点头，朝门房走。走出十多步，眼前突然一黑，他没有摔倒，只是晃了晃。潘美红追上来，问他怎么了。阮平摆摆手，没说话。你是不是没吃饭？潘美红问。阮平依然没答，但明白眩晕的原因了。他原本要热饭的，还揭开锅盖看了看，两个馒头，半碗芹菜。但确实没胃口，所以原封不动地盖住了。我就知道你没吃，去我那儿，我有馒头片，潘美红说着拽他一把。阮平并不想随她去，可她的眼神热情而坚定，他就没抽扯。自然，他也有担心，而且肚子确实在叫。黄桂仙是对的，他顶不住。

阮平与潘美红相跟着朝车间走，潘美红说她每日都要带干粮,有时馒头片有时炒面,干的是力气活,说饿就饿了,她解释。阮平心不在焉地嗯了一声,故意放慢脚步,离潘美红稍稍远些。

三

下乡收猪是次日了。昨日另两个组收了三十余头，潘美红留在了公司。阮平并没有因此而庆幸，进一步接触后，他感觉潘美红挺大方的。她打开自己的衣柜门，摸出蓝花书包，从书包里掏出饭盒，揭开盖子，伸到阮平面前。他夹了一片，她让他多拿几片，你这么大个子，一片哪够？阮平又拿了两片。恰巧另一个叫黄阔的进来，大声说，冠军又在发干粮呢？潘美红便将饭盒递过去，黄阔没有任何客气，抓了几片。显然他不是第一次吃了，想来也不止黄阔一个人吃过。更衣室兼做休息室，不分男女。潘美红不是只为他准备的福利，她就是热心肠。倒是他瞻前顾后，显得小肚鸡肠了。后来潘美红让他用她的水杯，他没推让，自如了许多。那是二斤装的梨罐头瓶，标签还没撕掉。他抓一会儿手就困了，实在太重了。她让他吃，她去打水。等她回来，他已经吞进肚里。饿了你朝我要，他们都这样，潘美红说，脸上有种说不出的……陶醉。那不是因为他，而是她所有无偿的给予后，在脸上释放出的能量。那让她瞬间有了光彩。在一天里，阮平已经是第二次捕捉。潘美红相貌说不上俊俏，但还耐看，圆脸，浓眉，只是身材瓷实，少了女性的婀娜。又是短发，从背后看与男性无异。

嘿，想什么呢？尹先碰碰他。阮平醒过来，啊了一声，说没想什么。他走神儿了，这是父亲去世后第一次想别的。尹先说真他妈的冷，掏出烟卷给阮平，阮平摇摇头。尹先缩回，自己点了，说，你得学，干咱这行的，怎么能不抽烟呢？酒量怎样？阮平说，没喝过。尹先笑了，他脸窄，下巴尖，像一只瘦猴。我忘了，你几天前还在学校呢，今儿就可以喝，收完有酒的。尹先侧头往驾驶室瞥了瞥，说，他们都有酒瘾。驾驶室坐不下那么多人，年纪最轻的尹先和阮平只得坐在车斗里。尹先早阮平一年到食品公司，他父亲为让他顶岗，提前退了。他是冷库的保管员，与坐办公室没什么区别，比车间舒服多了。他没显摆，但言谈话语还是有优越感。我就怕收猪，他妈的脏死了，现在车斗就咱俩，回来就得跟猪挤一块儿，我要是经理，就买几辆双排座的，嘁，公司又不是没钱。车颠簸了一下，后肩撞到栏杆，阮平疼得叫出声。要收几个月？阮平问。尹先说，那没准，怎么也得十二月了，不过往后就一个组了，兴许就不用你了，反正我是帮忙，冷库少不了人。他将烟头抛向车外，烟头飘了一下，被风刮进车斗，扑到后车帮上。我眯一会儿，这破天。尹先竖起棉衣领，侧歪了身子。

阮平经验不足，没穿棉大衣，冷得直哆嗦。他以为所有人都可以挤在驾驶室里。如果潘美红来，肯定不用坐车斗里，又想，她也可能让给别人，主动坐车斗。她穿得花花绿绿，却与猪挤在一起，阮平不愿往下想了。他瞅瞅尹先，那么颠簸的路，尹先好像真的睡着了，咧歪的嘴巴有东西流出来。

阮平搓搓脸，然后将手插进袖筒，像尹先一样蜷缩着，但没有闭眼。一排排枝丫光秃的树朝后倒去，天蓝得几乎透明，没有一朵白云，没有任何杂质，风实在是太猛了，没有什么东西能在空中停留。那些被风从沟底掠起的树叶、羽毛、杂草顺着一个方向飘，飞不起来，只能在距地面数尺或数米高的地方飘，很快又沉坠下去，沿着地面蛇一样游走。

车又颠晃一下，阮平磕碰得没那么厉害了，他已经掌握了对付颠簸的办法，身体放松，顺着惯性，落下时稍稍用一些力，但不能绷得太紧，这样可以抵冲一些重力，撞击得就没那么疼了。而且，晃动的身体有助于御寒。未来是不可测的，阮平预知不到，也不想如黄桂仙那样动不动就卜卦，那是她偏方之外的另一大嗜好，他只想往前走。既然已经上路，很难回头，不习惯的会习惯，不适应的会适应，就像对付颠簸一样，磕疼了自然就知道怎么做。那不是雄心，打定主意顶父亲岗位那一刻，他就与雄心无缘了，但阮平有的是志向，虽然说不清楚，虽然模糊得像一团影子，但他知道志向的存在，那是通往未来和远方的。车斗寒冷，念想却是滚烫的，这样想着，他脸上竟然有了微笑，在艳阳的照射下，熠熠生辉。阮平不知自己脸上挂了笑，直到尹先睁开眼诧异地问他想什么美事，他才意识到。阮平说还真是冷呢，掩饰过去。已经看见乡镇的房舍，尹先直起身子，说总算到了。

那是在收购了七八日之后了。那天回得早了些，刚把猪卸到圈里，还没来得及喘气，潘美红就闪出来。她穿着与男人一样的蓝工作服，下摆宽大，上身却有些紧，被丰胸衬着，越发地箍了。呀，这么几天就吹黑了，肉皮子说什么也嫩呢，她笑起来，好像他晒黑是多么开心的事。阮平与她相处不再别扭，但还没到什么话都可以说的地步。有事吗？阮平没有温度地问。潘美红左右扫扫，似乎怕人听到，声音却没有变化。她说昨天有人来找他，让他有空去一趟，但她忘了。我这记性跟猪似的，潘美红这样评价自己。阮平以为又是陶班。陶班已经找过他一趟，在他收猪的第三天。陶班仍不死心。没等潘美红往下说，阮平就说我知道了。潘美红很诧异，你知道？我还没说呢。阮平说，是我高中班主任。潘美红大笑起来，她的牙倒是挺白的。哪里是你班主任？人家是公安局的！阮平有些发愣，公安局？潘美红说，李闯，他说你见过他。阮平脑子使劲地想，潘美红问，没印象？阮平摇摇头，问找他有什么事。他有些紧张，无缘无故，公安不会找他的。潘美红说，我哪儿知道？

他让你去一趟,你就去呗,也没什么要紧的吧,可能要了解一些情况。潘美红看出他紧张,问要不要她陪他。我反正没事,正好顺路。阮平说不用,别过头就走。他看了看表,离下班还有两个多小时。心里犯着嘀咕,出了公司大门,他便跑起来,边跑边脱掉棉大衣,夹在腋下。

阮平看过五六次公捕大会,其中两次是学校组织的,死刑犯总是最后被押上台,那是审判会的高潮。法官宣读罪行后,当场捆绑,在背后插上死刑犯的牌子,并立即押赴东山刑场。据说一名犯人要由两名法警执行,第一个没有击中,或击中部位不当,第二个会立即补一枪。有的人为看枪决犯人,一大早就到东山等候。阮平没去过东山,但听过法警和死刑犯的传说。在阮平心里,公安是与犯人联系在一起的,一个人不偷不抢不杀人,永远不会与公安有关系。那距离就像地球与星辰一样遥远。不知道公安局的人找他干什么,每天除了收猪,就是睡觉吃饭,他没干过非法勾当。难道父亲不是被猪咬死的,而是另有原因?就像被重物突然间击中,阮平一阵眩晕。那时刚好跑到公安局门口。

他摇晃几下,努力稳住身子,黑云散去,他看到公安局的牌子与食品公司的一样,也是白地黑字,但给人的气势不同。登记后,传达室的人告诉他刑警队在后院,阮平这才知道李闯是刑警队的。李闯的身份加重了他的揣测,穿过月亮门,走进后院,双脚沉了许多。在阮平隐秘的心思中,倒宁愿阮九江是另一种死法,而不是被猪咬死。但当那有可能变为现实时,他才发现自己是害怕的。

阮平敲门进去,眼神怯怯地扫过宽大的屋子,还没等张嘴,一个男人便从桌后站起。我估摸你下班前会过来。他大步过来,与阮平握了握手。

阮平见过李闯。那天众人七手八脚将他摁住,他呜号了一阵,不再闹腾。他们扶他进屋,经理与两个公安从长廊的东头往外走,其中一个就是李闯。经理小声介绍后,李闯拍拍阮平的肩,并稍稍停顿了一下,像是传递什么信号给阮平,但什么也没说。阮平记住了那一拍一按,还有李闯棱角分明如刀锋般的长脸。

跑着来的?李闯眼里含着笑。阮平又是一惊,想这个人真是厉害。你这习惯好,李闯说,锻炼身体,连买自行车钱都省了。阮平不知如何回应,就那么傻站着。李闯看出阮平的拘谨,叫他随便些。直到在长条椅落座,阮平才放松了一些。

李闯问阮平喝不喝水,阮平嘴有些干,但摇了摇头。李闯还是给他倒了半搪瓷杯水。我没有好茶,就喝白开水吧。李闯解释。阮平受宠若惊,立即站起。坐吧,别客气,李闯摆摆手,咱俩其实挺有缘的,你没出生,我就认识你了。李闯像开玩笑,但语气一本正经的。十八岁？他问。阮平点头。李闯感叹，一晃你长成大小伙子了。阮平如坠云雾。李闯眼里闪烁着难以描述的顽皮，你妈没提过？那我来告诉你。

那是个雨过天晴的日子，孕妇黄桂仙想去百货商店转转。距临产不足一月，黄桂仙忽然想给将要出世的孩子买个拨浪鼓。下了两天雨，她在家闷了两天，早就想出去透透气。在百货商店门口，她看到红灿灿的冰糖葫芦，嘴巴就馋了，结果在挑选时遭了盗。她发现及时，叫喊着朝尚未跑远的小偷追去。腆着肚子的孕妇狂追小偷，那是罕见的景观。行人瞧愣了，竟忘了去帮她。小偷没把黄桂仙当回事，他偷了不过两元，也不相信一个孕妇会置自己的孩子于不顾，为了区区两元跟他拼命。起先小偷跑得并不快，或也有点戏弄的意思。待发现黄桂仙越来越近，已经甩不掉了。穿过大桥，小偷拐进巷子，试图摆脱黄桂仙。李闯和同事正好从对面走来，小偷看到公安，稍一犹豫，黄桂仙已经追上来，径直将小偷扑倒。李闯的同事押小偷回公安局，李闯拦了辆马车，将黄桂仙送进医院。

黄桂仙追小偷在宽城有不同的版本。比如有说她肚上像扣了锅，却疾步如飞；有说她跑得并不快，一手还捂着腹部，但就像她念了咒语，小偷怎么也甩不掉她。结果是没有差别的，她将小偷扑倒了。某一阵，黄桂仙成了宽城的名人，有说她邪的，有说她傻的。阮平知道这些，后来阮九江和黄桂仙都和他说过。不顾孩子的安危而穷追小偷，黄桂仙给出的解释是，她忘了自己怀孕，就是一心要把小偷抓住，对自己跑得快与慢，黄桂仙没有任何记忆。阮平上初中时，邻居提起来，黄桂仙笑得弯了腰，说也不知道当时怎么了。

阮平没想到李闯就是送黄桂仙去医院的公安，难怪说阮平没出生就认识了他。阮平有些激动，连着说了两声谢谢。李闯说我也要感谢你们母子俩呢。那是他参加工作的第一天,黄桂仙给他送了份大礼。阮平的目光落到李闯半白的头发上,心中犯疑。李闯笑笑,我是少白头,而且,呵呵,头发是变化的,动脑筋白得就多,思考得少黑发就长出来了。竟然还有这样的事,如果不是李闯亲口说,他绝对不会相信。

是不是有缘?李闯笑容可掬。阮平跟着笑笑,觉得与李闯突然亲近了许多。但他清楚,李闯找他来,不是为了向他讲述过往,告诉他,和他有缘。这不过是序幕。李闯如此,或许就是先让他放松,然后才会进入正题。那是什么呢?阮平紧张而期待。还好,他没眩晕。

李闯又问了问初次上班的感受,说有一些东西要交给阮平。阮九江的死虽是意外,但公司报了警,李闯和同事就走了一趟。他检查了阮九江的衣兜,完全是职业习惯使然，他对案子有着超乎寻常的兴趣，有疑点不放过，没疑点也要找一些出来。他为了寻找疑点，察看检查后，又将阮九江兜里的东西带回队里。没能及时归还，因为次日他就接到命令，抽调到市里破案。原以为半月或二十天就能回来，结果拖了三个多月。李闯解释了归还晚的原因，又说原本要交还他母亲的，但又想，还是给阮平合适。然后，他拉开抽屉，拎出一个封口的塑料袋。阮平立即站起。你看一下，在这里签个字。阮平马上要签，李闯说，你还是检查一下。

阮平拉开，翻了翻，东西挺多，烟嘴，压扁的火柴盒，用猴皮筋捆扎的卷烟条，一张折叠的纸，纸上写着阮平高考的科目和时间。另有两个螺丝，均套着螺母，大约是自行车上的。一个扁铁盒，里面是白色的药片。阮平愣愣地瞅着药片，李闯说他检查过了，都是普通的去痛片。阮平眼睛变得潮湿，他不想当着李闯的面流泪，但没控制住。李闯拿毛巾给阮平，阮平没用，直接用袖子抹了一下，然后在李闯的指点下签了自己的名字。

阮平问李闯是否还有别的事，李闯说，还有一句话，你必须记住。顿了顿，然后直视着阮平的眼睛说，那就是个意外，你绝不要听信谣传。你是读过书的，你该懂。阮平点点头，说我懂。李闯说如果有什么事……似乎意识到这句话不合适，略一皱眉，改口道，好好上你的班，如果需要我帮忙，你尽可找我。

那时，两人都没意识到，这近乎宣誓的劝慰意味着什么。

四

阮平萌生杀猪的念头，与李闯有些关系。出了公安局，天色已经暗了，对面的树杈传来老鸦的叫声，他的目光扫过去，却什么也没看到。树枝被夜色笼罩，已经成为夜的一部分，遮挡住月光和星光及路灯惨淡的晕光。挡住老鸦的不是树冠，而是无处不在的黑暗，这个想法突然跳入阮平的脑子。他没有跑，迈着不同以往的慢步，在自行车、牛马车间孑然独行。风没有白天大了，但寒意更浓了。他没把棉大衣穿在身上，就那么松松垮垮地夹着，右手插在裤兜里，那个封口塑料袋紧紧贴着大腿。走了一段，那个念头便冒出来。并非他突然产生了兴趣，不是的。以前没有吸引过他，现在也没有。他只是试图证明些什么。向谁证明，证明什么，他都不是很清楚，那一切就如他的志向一样笼统而模糊。走到大桥，从河面吹来的风将他掀了个趔趄。他个头不低，骨架却越长越缩了似的，单薄得就像那个压扁的火柴盒。他终于想起还夹着棉大衣，停住，穿上，右手立刻又伸进裤兜。

十二月初，收猪用不着那么多人了，经理把阮平叫到办公室，问他有什么想法。阮平脱口而出。经理担心阮平提过分的要求，比如开票啊、保管之类的，每个坑都占着，所以先是讲了一堆难处，然后才问阮平的。阮平的回答让经理意外，经理的目光在阮平脸上停了五六秒，追问，你想杀猪？阮平点点头。经理说，现在的年轻人没有谁主动去杀猪了，你是个例外，要说，学徒先从杀猪开始，杀、煺、刮、剔，每个环节都要过一遍。杀猪说起来不好听，也是一门学问呢。实话告诉你，我不但杀过猪，还宰过牛羊，宰过驴马呢，退休的老县长也是杀猪的出身，可照样当县长，好汉不问来路，英雄不分出处，你有这想法，这很好，只是……经理停顿一下，和你母亲商量了吗？阮平说，不用和她商量。经理说，还是和她打个招呼，不然，她会骂我的。阮平没敢告诉经理，他顶职前，黄桂仙说过，干什么都可以，就是不能干宰杀。那是她唯一的要求。和她商量，绝对说不通的。但如果经理同意，黄桂仙拦不住。阮平说，她要骂就骂我好了。这等于招认了。经理笑了笑，她怎么可能只骂你呢？贼见了她腿都哆嗦，我可惹不起。阮平垂了头，在这里，经理说了算。经理倒了杯水，他的水杯是白瓷的，上面印着红色的字。再次坐下，经理说就算杀猪，也不是马上能上手的，学问大着呢，不是你把刀捅进脖子猪就毙命了，万一你没插中，猪受了惊，跑到大街上，那可就麻烦了。经理被自己的想象逗笑了，真要发生，我这经理就坐不住了。经理让阮平先从煺猪毛开始，一来煺毛组正缺人手，二来煺猪毛易学，至于杀猪，他抽空去帮帮忙，那也是学习的过程。让潘美红带你吧，经理说，没人带你上不了手。阮平有些傻，经理瞧出端倪，问，不想让她带？阮平忸怩一下，说也不是，就怕不方便。经理说，我原来的师傅也是女的，有什么不方便的？潘美红的冠军不是白来的，从杀到剔，样样精湛，跟着她才能学到真东西，而且，她热情、性善，不会动不动冲你发脾气，换了别人，训得你耳根子都是疼的。阮平对潘美红没有成见，更无敌意，也谈不上阴影，那完全是下意识的反应。经理猛夸一通，阮平再无话说，同意让潘美红带。经理说，听我的，绝没错。又说潘美红受过市长的接见，那是她最风光的时候，披红挂绿，那时任何劳动都是光荣的，杀猪如此，淘大粪也如此。然后他叹息一声，说时过境迁，社会对潘美红的看法变了，但公司是有良心的，对潘美红这样能干多干的职工仍年年嘉奖。经理不轻易发感慨,因为别人不会理解,他之所以和阮平说,是觉得阮平会懂他的意思。其实,阮平也不全懂,但核心意思他是明白的,跟着潘美红,绝无坏处。

这样,阮平就由潘美红带了。潘美红乐呵呵的,像中了奖一样。阮平有了自己的衣橱,他把那个封口塑料袋放在橱室最顶端,并用书盖住。锁是新买的,黄铜色,相对衣橱,相对别的衣橱上的锁,个头实在是大了些,也鲜艳了些。潘美红站在阮平身后,仿佛看阮平上锁也是她的职责。她让阮平最好给她一把钥匙,是商量的语气。但阮平仍然反感,且不说衣橱里藏了父亲的遗物,就是什么也没藏,那也属于他个人。他语气不怎么友好,为什么?潘美红说如果钥匙不小心丢了,那就得砸锁,她犯过这样的错误。她让阮平给她一把钥匙,她也打算把自己的钥匙给他一把。她是好意,但阮平不需要这好意。他没给她,也没拿她的钥匙。潘美红没觉得难堪,嘱咐他别丢了。

黄阔拿杯进来接水,见阮平与潘美红面对面站着,问是不是正拜师呢,他赶上了,正好做个见证。阮平不懂，以为真要像别的行当一样举行什么仪式,询问地望着她。潘美红摆摆手,别听他胡说。黄阔叫道,哎呀,怎么是胡说呢,我收徒,至少要磕三个头,去馆子撮一顿。潘美红说,你就教不出个好。黄阔拿起暖壶,晃了晃,没水了。他把暖壶伸向阮平,磕头免了,打水去吧。阮平正要接,潘美红抢先接了,我去！她的身影消失在门口,黄阔冲阮平说,你好福气。后来阮平知道休息室的水多半是潘美红打,好像她对打水也上瘾,又似乎怕别人抢了她劳模的桂冠。

次日,阮平比往常起得更早,没想潘美红已经换了工作服在等他。潘美红问阮平吃饭了没,阮平说吃过了。他学乖了,哪怕泡冷饭也要塞一点。潘美红说那就来吧。阮平跟在潘美红身后到了猪圈。只见她四下一瞅,径直走向最大的一头。那头猪发现了她的企图,欲朝另一个方向逃走,但已经晚了。她动作神速,抓住猪的一条腿,猛地一掀,猪便倒下去。阮平跑过去欲帮忙,她说不用,半夹半抱地将猪拎起。阮平整个看傻了。潘美红快到门口,他才醒过神。可他迈不开步,整个人轻得像一段影子,像从房梁上垂下的绳子,飘荡、摇摆,却不能移动。待他终于飘进屠宰室,那头猪已经没有哼叫的可能。潘美红拎第二头猪时,阮平没有跟着去。她不用帮忙,他何必跟着?他想她过于逞能,所以不用他抬。潘美红将第二头猪夹抱到大板上,同样没叫他帮着摁,连刀都不用他递。她套了劳动布裤,裤的两侧是大大小小的兜子,刀就插在其中一个兜里。她双目没有凶光,只是捅入时眉心略拧了一下,马上松开。她果然厉害,一刀毙命。她抬起头,冲呆愣的他说,要快,就像打针,快了反而不疼。她竟然替猪考虑,这实在有些滑稽,可她的样子是认真的,就像讲台上的陶班。见阮平没有反应,她问,记住了?阮平点点头。

待别的屠宰工上班,潘美红已经完成当日宰杀任务。阮平看看表,十头猪,五十分钟,一个人。那就来吧,她吆喝他,似乎只是为了让他观看表演,看她如何快捷、如何利索。

煺毛,潘美红终于让阮平帮忙抬了。如果不是带了阮平这么个徒弟,她或许仍独自夹抱。死猪比活猪沉,但对她不算什么,她有的是力气,就算难支,她也会坚持,这样的她才可以出众。

潘美红给阮平演示煺毛的过程,先煺哪个部位,后煺哪个部位,犄角旮旯怎么处理。她开始还看阮平,确认他是否用心,后来就不再看他,心无旁骛。那样子不像是在弥漫的腥气里煺猪毛,而是在雕刻一件绝世无双的艺术品。她的眼是亮的,脸是亮的，嘴巴也红润了许多，泛着从未有过的光泽。阮平再次惊呆。她怎么如此享受？若不是亲眼所见，打死他也不会相信。噢？看清了？她终于回到现实世界。阮平说看清了。潘美红说看是一回事，煺是一回事，没那么容易，但天下无难事，只要肯登攀。阮平差点笑起来，想她没念几年书，竟活学活用，用到煺猪毛上了。潘美红感觉到了，说，没什么好笑的，这里面的学问大着呢，全掌握了，跟科学家差不多了。阮平再也憋不住，笑出声。潘美红没有因阮平的无视而羞恼，但她显然不高兴，神情严肃地问，你觉得我高抬了自己？阮平好半天才控制住，因笑得放肆，他双眼发晕，看潘美红是重影。阮平摆手，说自己没那个意思。潘美红说，你让科学家煺一个试试，不见得就好，各有分工，劳动是光荣的，别管别人怎么看，咱别轻看自己。阮平连声说是。他不屑与她争辩，劳心者治人，劳力者治于人，孟子几千年前就说透了，她怎么能懂？杀猪的就是杀猪的，挣钱糊口的营生，扯别的什么用也没有。

将第二头猪抬到大锅的架子上，潘美红让阮平独立操作。确实没那么容易，阮平动作僵硬、笨拙，毛倒是能煺，但不像潘美红煺得那么干净。既是巧活，又是力气活，煺了不到一半，出了无数的汗，身子被紧裹着，极不舒服。他也没那么利索，工作服、鞋上淋了水，沾了无数猪毛，脸上头上也是，猪越来越白，他越来越脏。潘美红指点了几次，便又去雕她的艺术品了。一个上午，阮平仅煺了一头猪，猪皮刮出几道伤。潘美红说伤不影响什么，但不好看。她没训他，也没用他的不屑嘲讽他，仍旧用她的“理论”宽慰、说服他，一口吃不成胖子，只要用心，肯定能干好。

数日后，阮平便利索了许多，虽然速度没那么快，但与潘美红煺出的没有太大差别了。熟能生巧，有什么学问？不但没有学问，而且还让人麻木，甚至变得呆滞。这是阮平的感觉。与收猪不同，虽然寒冷，还可以看看风景。这里呢？浊腥逼人，每日重复着同样的动作，机械单调，脑子不用转动，只要手不停下来，什么都不影响。久而久之，脑袋还不锈住？阮平虽然还没到厌恶的份儿上，但毫无乐趣，更不可能像潘美红那样痴迷。阮平原本想煺猪毛熟练后，找机会让潘美红教他宰杀。现在那念头淡下去了。能证明什么呢？只能证明他对得起那份工资，在财务处签字时理直气壮一些。不歇着就是了，那就是最好的证明。

潘美红没训斥过阮平，有她这么个师傅，确实是他的福分。至于她的理论，可听可不听。她并不是每天都灌输，偶尔一句半句的，对他没什么影响。他仍然不屑与她争辩。她对他不错，每次歇息，都是她拎了壶给他倒水，而不是他倒给她。就连开会，还给他占个位置。至于她的干粮,更是经常吃。虽然早上吃了饭,但煺猪毛消耗大。有时他还会像别人那样主动问她要,若她正忙着,就掏了钥匙塞给他。她的储衣柜对他没有任何秘密,仅此而已。

年根,公司给每个职工发了一袋米、一袋面,另外一个福利是可以内部价购买骨头、猪头、下水什么的。有的职工自己买,也借这个机会给亲友买。黄桂仙爱吃猪蹄,阮九江每年都要买一颗猪头、四只猪蹄。除夕夜,那是家里的必备菜肴。阮平随尹先去澡堂洗了个澡,回来时,仓库只剩下猪肚、大肠之类的。猪头猪蹄是抢手货,他没抢着。阮平有些失落,要了一副猪肚、一副大肠。虽然明日才正式放假,好多人都提早走了。阮平也想直接回家,忽又记起给阮立买的扑克牌还在柜子里,便拎着编织袋往车间去。

休息室空荡荡的,只有潘美红在凳子上发呆。

阮平稍一愣，问她怎么没走。潘美红有些惊喜，表情生动了许多，等你呢，我瞅了两趟，还以为你直接回家了呢。阮平问她有什么事。他没叫过她师傅，她也不在乎。潘美红瞅瞅他手里的袋子，说，没买上猪头吧？阮平说去晚了。潘美红说，那得提前说，说了就不怕晚了。然后从凳底拽出个黄袋子，剩最后一颗，我给你抢了。阮平怔了怔，你怎么知道我要买猪头？潘美红笑笑，猜的呗。阮平打开袋子瞅瞅，问：你不要吗？潘美红摇摇头，回家我可不想再盯着猪头了。阮平问她多少钱，潘美红说内部价，没几个钱，你快拿走吧。阮平坚决要给，潘美红说，我带你一场，不能白带，原本要请你吃顿饭的，大过年的，饭就免了。这是什么逻辑，她带他，反请他吃饭？好像他让她带，是对她的恩赐。她的目光是坦诚的，不然他要怀疑她在讥讽他了。潘美红说，你别多心，我带人，都这样。阮平挺别扭，毕竟这不是馒头片。潘美红拎起塞他手里，爽直地说，拿着！不就是颗猪头吗？再说我就烦了。我得走了，还要看干爹呢。

潘美红走了好一会儿，阮平才离开。像拎着多重的东西，他走得极慢。他仍有些不适，出了大门才轻松了些。不管怎样，有了猪头，黄桂仙会高兴的。

转过街角，阮平恍惚瞥见潘美红的背影，正要细瞅，她却不见了。她定是给干爹买什么东西去了。阮平猛然想起陶班，早打算去看看陶班的，却一拖再拖。陶班还是很关心他的，一而再、再而三地劝他补习。最后一次，他将阮平请到饭馆，还请了另一个老师当说客。陶班因高考那天没能封锁住阮九江去世的消息深感内疚，他不停地劝说也与此有关。那不怪陶班，他都把阮平请到家里当座上宾，做得够多了。阮平知道自己几斤几两，没有那个意外他也考不上。那晚离开饭馆，陶班满脸的痛惜。陶班以前不怎么待见他，谁让他成绩那么差呢，可后来，陶班付出的不是几个唾沫星子，是真的为阮平着想。

如果再拖，那就到明年了。必须年前完成这个事。阮平站住，看看左手，再看看右手，终于做出决定。他返回传达室，将猪肚、大肠暂放在那里，拎着猪头往陶班家去。礼物没多珍贵，但这是阮平能拿出的最好的东西了。他的工资如数上交黄桂仙，每月只有五元零花钱，买不起别的。

从路上拐下去，就看到陶班的院子。仿佛为了迎接阮平，风竟然停了。炊烟袅袅，在黄昏的天空中，犹如诗行。已经放了假，陶碧肯定也在家。像是有不轨的念头且被人窥破，他的脸隐隐地热了。我是来看陶班的，他对自己说，和陶碧什么关系都没有。这时，他已经走到门口，定了定神，举起手。

五

转年初夏,黄桂仙带着阮立嫁到了距宽城三百多公里的包头。家里突然空阔了,从里屋走到外屋,再从外屋走到里屋，比平时要多走出好几步似的。阮平不在乎黄桂仙嫁到哪里，至少不是特别在乎，那对他没什么影响,但当他独自生火煮饭,听着空阔房间的回音,才意识到黄桂仙在与不在是不一样的。哪怕黄桂仙与阮立睡觉,他独自热饭,与现在的独处也不一样。还好有那台十四英寸的黑白电视，胡乱看一气,也就半夜了。后来,他又从县图书馆借了几本推理小说。阅读不受限制,有时会读一整夜。没用多久就习惯了一个人的日子。

除了潘美红,阮平与尹先交往最多。从性格上说,阮平偏内向,尹先则活泼得多。或许是两人年龄相仿，共同话题多些，两个不怎么搭的人成了朋友。特别是阮平借给尹先一次钱后，两人的关系更密切了。

尹先常到阮平家里玩，有时一起弄饭。起先只有他自己，后来他带外边的朋友过来。比如请客，他从公司买些下水什么的，来阮平这儿做既省钱又方便。渐渐地，公司里的人也过来，多半与吃有关。各人凑一份钱，买几斤肉、买一副排骨，俗称打拼伙。有时几个人打牌，赢了的出钱，买熟食或买了生的来阮平这儿现做。阮平家成了临时饭馆。阮平不只是火头军，他是其中一份子，虽然在他这儿，但该掏的钱一分不少。他只存过两次钱，后来就成了月光族。他学会了抽烟，学会了喝酒，只是说话不像别人那么高声，也不像别人满口荤话。有时，他们说得过于赤裸，他的脸还是会发烫，好像他们说的是他。他酒量不大，喝半杯就脸红。他遗传了黄桂仙的跑步特长，酒量却没随她。有酒做掩饰，没有谁发现阮平的羞涩，他们以为他和他们没什么区别，不过是没成家而已。但没成家不等于没碰过女人，没碰过不等于不感兴趣，所以他们口无遮拦，从无禁忌。

不是这拨就是那拨，阮平那儿一个月有半个月是喧闹的，某个夜晚，他们离开快十点了，阮平脑袋昏沉，却没有睡意。他拧开电视，看宽城电视台播放的《鹿鼎记》，直到屏幕上闪出雪花。越发清醒了。图书馆的推理小说不多，他把还回的书又借了来。怕他们弄脏，或顺手撕了擦什么东西，借回的书都藏在柜底。他揭开柜，拿出书，躺进被窝翻开。已经没了第一次阅读的吸引力，他打算困了就丢开。但直到闹铃嘶叫，他的眼也没合上。洗脸时，他照照镜子，脸不红了，眼球却趴了数条血丝。吃了几口冷饭，匆匆往食品公司跑去。

又喝酒了？潘美红问，阮平清楚嘴里有酒气，潘美红闻到了。好几天前喝的，阮平敷衍。是的，他学会胡扯了，只是扯得实在不沾边。潘美红讽刺他，哄谁呢？阮平没理她，走开。她不是组长，不是主任，更不是经理，管不着他。就算她是他师傅，可这是他的私人生活，她无权干涉。阮平没有用心扯谎，就是不在意她的诘问，没把她当回事。

下班时，潘美红喊住阮平，要和他谈谈。阮平知道她要谈什么，说今天没空，改日吧。潘美红堵住门口，平视着他。她不说话，无声地撞击着他。阮平心里发毛，没敢硬闯。若潘美红将他夹抱起来，那可就糗大了。阮平皱眉，问她到底有什么事。潘美红目光散开，像泡沫飞扬，你不能破罐子破摔！她的口气比黄桂仙还要过分，阮平很是不快，说我不是破罐子，也没有破摔。潘美红的声音突然提高，大清早就满嘴酒气，不是破罐是什么？你整天和那帮人鬼混，别以为我不知道。阮平嘁了一声，毫不掩饰自己的不屑和厌烦，鬼混又怎么了？我乐意！潘美红显然被惊着了，你怎么……你怎么……她清楚他在学坏，却没料到他已经学得这样坏，完全超出了她的想象。阮平也没料到自己一句狠话居然有这样的效果，他放纵一笑，我就这样了，我一没触犯国家法律，二没违反公司纪律，有什么不可？潘美红的脸由红而紫，由紫而青，嘴唇磕碰数下，终于磕出一句话，别这样，求你了！阮平愣了愣，他以为潘美红有什么法宝和暗器，说那些话时心是悬着的，防备着她暴怒，撕扯起来，三个他也不是对手，谁料她如此不堪一击。她看起来像石头，其实不过是沙子。她这个样子哪像拎三百斤的猪不带一点喘的人？整个就是肥皂泡，吹吹就破的嘛。阮平心软了，她可没少照顾他呢。阮平犹豫着要不要致歉，潘美红又训起来，你别不在乎，一天一个针眼，一年就是个大窟窿，等你彻底学坏，那就晚了。这句话，还有她的口吻再次令阮平生出厌恶，他直视着她，坏有什么不好？我就等着这一天呢。他想激怒她，他的目的达到了，甚至超出了预期。她粗壮的身子打着摆子，如同飓风来临，若不是她死死抓着门框，几乎被拔根而起。她的脸被阴云和沙石遮掩，那是暴雨来临的前兆。她的胸如波浪起伏，阮平似乎听到了哗哗的水声。阮平没被她吓住，她的摇晃摇摆摇曳反激起他的欲望。他们赤裸的讲述，那些诱人的画面适时跳出来，为这欲望煽风点火。他下体雄起，突然、迅疾，差点将他拽个跟头。他的呼吸越来越急促，他控制不住了，艰难地呻吟了一下，朝她扑去。

你浑蛋！潘美红暴喝。

犹如霹雳，阮平顿时清醒，勒住脚，却没拽住身子，几乎撞到潘美红。潘美红推阮平一把，阮平仰了仰，及时刹住。

你就是个浑蛋！潘美红追杀过来，生怕阮平听不明白，进一步说，往坏学你就是浑蛋！我还以为你念过高中，是明白人，没想你安了颗人头，却是猪脑子。坏有哪样好？能让你上天还是能让你入地？

暴雨倾盆，阮平冷静了许多。他没必要激怒她，她总归是好意。现在倒好，他脱不开身了。就是她让他走，他也不能把狂怒的她丢在这儿。她可是公司的宝儿呢。

我就是说说，谁愿意往坏学呀，再说也就是喝喝酒、抽抽烟，如果这就是坏，遍地都是坏人了。阮平没有赔笑，但已是明显地讨好。

当真？潘美红怔怔地盯着阮平，似乎被阮平搞糊涂了。

阮平说，这世上没一个人愿意学坏，我不过开个玩笑，你怎么还当真了？

潘美红僵了一下，说我着实让你吓坏了，也让你气坏了。不过，你现在这样，就是往坏里变呢。

阮平软中带硬，你不能不让我抽烟喝酒呀。

潘美红说，我不是不让你抽烟喝酒，但你得有节制呀。

阮平问，什么是节制？多少算节制？

潘美红说，我不知道什么是节制，但大清早酒气还那么重肯定不行的，就算你不爱惜身体，对工作是有影响的呀。就说今天，你犯了好几次迷糊，别以为我没看见。

原来是这样，阮平想，她对他的关切和要求是从工作角度考虑的。确实，他困得不行，有那么一会儿，眼皮几乎要粘到一起，一个上午用冷水洗了两次脸。

我保证不再犯困了，阮平说，怎样？就这事吧？

潘美红闪开，又叮嘱，记得早睡。阮平擦身而过，恶狠狠地想，难怪嫁不出去，就这母老虎样儿，谁敢要？

那个夜晚，没人上门，阮平早早睡了。并不是潘美红的话起了作用，实在是撑不住了。他第一次梦到潘美红，而且是赤裸的潘美红，白白胖胖。她向他招手，可他走过去，正要抱她，却挨了一掌。然后就醒了，那个地方勃挺如棍。阮平又惊又羞。不由得想起白日那一幕，是潘美红的暴喝制止了他。他不敢往下想，若他扑上去，那会有怎样的后果。他不知道，但至少不是挨一掌这么简单。没准儿会像捅猪一样捅了他。暗夜中，陶碧的面容浮出来，这才是他心仪的女孩。去年他给陶班送猪头，陶碧在里屋写作业，出来和他招呼一声，便又合上门。陶碧的微笑令阮平久久回味。但遗憾的是，陶碧从未在他梦里出现。阮平凝视着陶碧，等她变得更清晰，好让他看得更清楚。她越靠越近，他几乎闻到她唇齿间薄荷般的清香，他正要把嘴巴凑上去，她突然变成了潘美红。阮平又是一惊。他合上眼，立即睁开，仍然是潘美红。她似乎刚刚洗了头发，甩甩头，几滴水珠溅到他脸上。阮平不想与她对望，尴尬的是，身子又隐隐地烫了。他耐受不住，掀掉被子，奋力挥舞胳膊，驱赶俯冲而下的潘美红。她迅猛的姿态像极了鹰隼，他担心自己被她叼到空中。终于，潘美红被赶跑了。陶碧也消失得无影无踪。阮平气喘吁吁，大汗淋漓，像刚刚进行了一场殊死搏斗。待身体冷却下来，他试图再与陶碧对视，闹钟如警笛般狂鸣起来。

再见潘美红，阮平的目光里便多了一些东西，他说不清那是什么。以往他目如轻风，一掠而过，不留任何痕迹，现在风里挟了烟雨，虽也是一带而过，却挂在她身上，好一会儿才蒸发、升腾。但没有彻底化为乌有，终是留下了痕迹。阮平心思杂乱，干活倒是没受太大影响。无论喝酒还是看书，他避免通宵达旦、满嘴酒气。倒不是他多乖，而是怕潘美红纠缠，给他上课。对阮平的“变化”，潘美红自然是高兴的，说他脸色可比以前好看多了，还夸他活干得利索。阮平觉得好笑，她太把自己的评价当回事了。

数日后，又有一些人去阮平家打拼伙。两个人因为世间有没有鬼争执起来，一个说有，另一个说没有。说没有的让说有的证明给他看，如果现在鬼跳出来，和他干两杯他就相信，否则就是扯淡。说有的认为另一人胡搅蛮缠，他又不是阎王爷，哪能随便指挥小鬼？越争越激烈，结果动了手。都喝了酒，一个咬破另一个的耳朵，另一个则成了熊猫眼。拉架的基本都带了伤，阮平的脸挨了一拳，还好打偏了，若砸中鼻子，没准鼻梁就断了。盘子和碗大半粉身碎骨，玻璃也碎了三四块。次日，打架那两人上门致歉，阮平嘴里说不要紧，心里却塞了猪毛似的堵。盘子和碗倒是好买，玻璃过了五天才安好。天已转凉，特别是夜晚，风把窗帘吹得哗啦响，阮平睡觉都蒙着头。想起潘美红的劝告，阮平开始感念她的好。

或者说，她的某些好。他那么恶恶地对她，实在不应该。阮平没有向潘美红致歉，也没打算就此彻底改变自己的生活方式，但内心里生出那么一点点内疚。所以，当潘美红问他能不能帮她干点活时，他毫不犹豫地答应了。

轮休日，阮平向来关掉闹钟，睡到上午或者中午。那天阮平依旧上了表，虽然潘美红说几点去都行。睡过头，她也未必责怪他，但说起来这是他第一次帮她，怎么也得上点心吧。

照例是跑着去的，与上班的时间相差无几。黎明时分，街上难见人影。已经是秋天，空气薄寒，没有阻隔，阮平跑得更快了些，也就十多分钟便到了城东。按照潘美红的描述，阮平由东向南。东南方向有五六处房子，相距有几十米远。准确地说，这里属于宽城的郊区。房子往南是大片的菜地。潘美红的院子里有三棵杨树、七个喜鹊窝，标记明显，很容易找到。三间房，一处院，房倒没什么特别，三间四角硬顶，那院足有五个篮球场大。潘美红的父母曾是南村的菜农，先是父亲去世，后是母亲去世，年纪都不大。现在，潘美红一个人住在这里。阮平对潘美红的事多少了解些，对她独自生活也没觉得有什么奇怪，但没想到她住得这么偏僻，而且守着一个空荡荡的大院，夜晚来临，她不孤寂、不害怕吗？

阮平正胡思乱想，门吱呀一声。

六

那么大个院子，潘美红竟一点也没浪费，除了两米宽的路，其余皆种了菜。一畦芹菜，大部分拔掉了，剩余的十几棵被霜杀过，菜秆歪倒，叶子发黑。另一畦是大豆，刚割了不久，还没来得及把豆荚摘下。沿院墙种了一圈向日葵，均耷拉着褐色的脑袋。大片的地则种了土豆和胡萝卜。难怪叫他帮忙，她独自挖，得两三天吧。

阮平问潘美红怎么种这么多，她说不能让地闲着呀，要合理地利用。阮平说问题是你吃不了。潘美红笑了，吃不了可以送人呀。阮平不解，那你图什么？自己吃苦受累，却为别人考虑。潘美红说，你想着别人，别人才有可能帮你，你不为别人考虑，别人凭什么帮你呀？原来是这样的逻辑，那么，她对他的体贴就是为了让他帮忙挖胡萝卜吗？还有，潘美红顿了一下，直到把阮平的目光完全吸过来，才说，我乐意这样做。是的，乐意，倒是扎实的理由，就如她不用帮手独自杀猪那样，她乐意！

临近中午，她弄饭，让阮平去炕上伸伸腰。阮平说回去吃，潘美红沉下脸，你给我干活，就得在我这儿吃，地主还得管长工饭呢。她半真半假、半哄半吓，阮平也就客气一下，大中午的，他才不想生火呢。

走进里屋，阮平便呆住了。整个后墙贴满了奖状，红的黄的粉的，有大有小，最早是十年前的，最晚是去年的，排列不那么整齐，但仍透出难以名状的气势，犹如万马奔腾。阮平的目光被狂乱的马蹄踏碎，好半天才拾掇在一起。与堂屋门正对的西墙则挂着上了框的照片，都是她和别人的合影，有两人照、有三人照，她的脸上洋溢着幸福的笑，有五六个长相框，大约是她参加什么会议，密密麻麻的人头，不知她站在哪个位置。

潘美红端了烙饼进来，阮平仍在凝望。没什么好看的，快吃饭吧，潘美红说。阮平抽回酸涩的目光，说你可真了不起。潘美红谦逊地说，那都是老皇历了，人还是要朝前看。阮平说，你抱负不小啊。他绝无嘲弄的意思，这一点可以向老天保证，但也没有多么地羡慕，只是顺口说说。没料潘美红的脸瞬间光亮如镜，抱负谈不上，但人活着得有追求，是不是？阮平僵硬地点点头。潘美红说，你别把时间浪费在打牌、喝酒上，才参加工作一年，路长着呢。阮平说，也是偶尔，不经常的。潘美红说，就怕你上瘾，上瘾就难了。阮平不语。潘美红哎呀一声，瞧我，忘了你饿着肚子呢，快吃吧。

潘美红的厨艺不怎么样，菜炒咸了，饼虽是发面的，却是硬的，火又大，每张都是包公脸。阮平吃了一张便放下筷子，倒不是多难吃，实在是太瓷实了，一张就饱。潘美红问阮平干了半天，怎么像喂雀似的，阮平说自己饭量不大。潘美红让阮平再吃半张，她掰开，硬是塞给他。阮平就接了，一口一口，当干馍嚼呗。潘美红饭量惊人，六张饼，她吃了四张半。吃得也香，仿佛那是绝世的美味。进屋她就脱掉了牛仔外套，一通忙活，她穿着衬衫，还是冒汗了。脸褐里透红，耳侧、脖颈处湿漉漉的，领口的扣子不知是她自己解开的还是绷开的，颈下白白的忽隐忽现。阮平本来只盯着她的嘴巴，好奇她何以吃得这般香甜。他的目光不小心滑下去，稍一停顿，立即抬起。片刻之后，他没管控住，又滑下去，滑落得更深，而且，很快粘住了，他拔拽得极其艰难。

潘美红抬起头，问是不是她的吃相很难看。阮平终于拔离，脸像着了火。没……没呀，他结巴着说。潘美红一笑，我知道的，不过，不许笑话我啊。阮平说真的没有。潘美红说,笑话也没关系,我又不是西施。阮平下炕,感觉双腿僵硬,某个部位又被顶高了,难以站立。他尴尬地扶住墙,潘美红问他怎么了,他说头晕。潘美红责备道,让你多吃你不听,晕得厉害吗?潘美红往前靠了靠,想扶他的。阮平大叫,别过来,没事的!潘美红吓了一跳,眼睛瞪得那叫大。趁她发愣,阮平踉跄着跑出去。冷风吹过,燥热散去,他自然了许多。潘美红出来,阮平已经挖十多锨了。

傍晚,阮平没在潘美红那儿吃,虽然她竭力挽留。他怕出丑。若被潘美红瞧出来,那就惨了。潘美红没强留,但执意要阮平带半袋土豆、半袋胡萝卜回去。阮平说改日他骑自行车过来驮,潘美红提出她给他送,省得他再跑。阮平一再说不用,但潘美红硬是夹到车后座上,逼着将他送到家。次日,阮平各匀了一些,送给了陶班。陶碧考入了省城的大学,阮平见不到她,但可以从陶班嘴里获知陶碧的有关消息。阮平知道自己和陶碧是不可能的,一个天上一个人间,但他没有掐断念想。因为这念想可以打发漫漫长夜,可以抵御来自潘美红的诱惑,至少,某些时候是可以的。

转眼又到了年根,黄桂仙先是让阮立写了信来,让阮平到包头过年,之后又打电话到食品公司,邀阮平过去。阮平答应了,隔一夜又改了主意。去包头凑什么热闹呢?一个人挺好的。阮平有了经验,早早订了一副猪排。本来可以早些送的,但硬是拖延到除夕夜。他有自己的小算盘。其他日子陶碧未必在家,除夕她一定在的。果然算准了。陶碧不但在,还和陶班夫妇一同留他吃饭。阮平想回去也是一个人,就留下了。比起高考那天,阮平自然了许多。但刚刚在餐桌边落座,陶碧就嗅了嗅鼻子,问什么味儿啊。她本是无意,但阮平有心,突然一哆嗦。他特意洗了澡，可常年在屠宰车间，某些气息或许是洗不掉的。陶班注意到阮平的神色，但假装没看见，冲陶碧说，这是水库里的鱼，味儿重。陶碧似乎也意识到了，朝阮平笑了笑。陶班化解了场面的尴尬，却没能除掉阮平心里的难堪，就此离去肯定是不合适的，阮平硬着头皮，面带微笑，一顿饭吃完，他万分疲惫。没敢久坐，放下筷子便告辞了。

阮平一路走，一路闻，只有风的味道。院门口竖了个黑影，近了发现是潘美红。潘美红埋怨，你怎么才回来？我等快两个小时了。阮平甚感意外，问她有什么事。潘美红说，大过年的，还能有什么事，吃饺子啊。阮平噢了一声，说吃过了。潘美红吃惊道，吃过了？在哪儿？阮平心情不好，悻悻地反问，怎么了？潘美红说，你答应去我家吃饺子，我包了两个人的，左等不来右等不来，这才过来找你。轮到阮平吃惊了，我什么时候答应你吃饺子了？潘美红笃定道，三天前就答应了，你怎么忘了？阮平想起来，她确实邀请过他，他忘了怎么回答的，因为根本没放在心上。阮平说不好意思，我的确忘了。潘美红朗笑，我就知道你忘了，你架子大，非得我上门请。阮平推辞说吃过了。潘美红说吃了也能加一碗吧，再说，夜长着呢。阮平说要看电视，潘美红说我那儿也有，走吧。她抓了他的胳膊，他闻到她脸上的脂粉味儿。似乎第一次闻到。阮平拗不过，只得随她。出了巷口，她让阮平坐到后座上，阮平说他跑着去。潘美红说你刚吃过饭，哪能跑？坐上去！不然我生气了。阮平就坐了。自行车咯吱咯吱，在寒夜里格外响。潘美红似乎猜到阮平担心什么，说，放心吧，我这自行车多焊了一根梁，再驮一个你也压不坏。

那个除夕夜并没有什么特别，阮平象征性地吃了几个饺子。他印象深刻的是自行车的咯吱声、潘美红看春晚的笑声。有两次，她快笑瘫了。她的脸在颤,乳房在颤,整个人都在颤。她的丰胸因摇曳而生动,难免让人想入非非。阮平没敢久留,担心自己出洋相。潘美红大概也没注意阮平几时离去的,她实在是太忘我了。

夏天来临,阮平那儿又热闹起来,但没有以往那么频繁了,尹先谈了恋爱。他们闹得过于厉害,阮平也烦,可他们长时间不上门,又怪冷清的。隔十天八天聚一场,正对阮平心思,他借机放纵一把。偶尔醉一场,但午夜无论他们是否离去,他都不再喝了。喝了酒的次日,他反复漱口。他不在乎潘美红,但在意她的训斥。她横在门口的架势,那可真够他受的。

某个夜晚,尹先留下了。尹先没有睡意,仍沉浸在兴奋中。那些过来人嘴巴放肆,尹先插不进去,现在终于有了机会,两个人,显得更私密些。尹先问阮平接过吻没,阮平说我没谈过对象,和谁接吻?尹先劝阮平赶紧谈,因为接吻的滋味实在是太美妙了。

他形容就像触电,全身都是麻的。阮平没资格谈这个,尹先怎么说他就怎么听。两人不在一个频道,尹先难以尽兴,他问阮平梦见过女人没。阮平犹豫,尹先说你肯定梦见过,不然你就有问题了。尹先问阮平梦到了谁,都干了什么。阮平想起潘美红,脸隐隐地烫了。他说梦里的事哪记得。尹先说那样的梦你不可能忘了。尹先说他好几次梦到他的数学老师,梦一次遗一次精。他推了阮平一把,你知道我和她干了什么吧?尹先坦诚、赤裸,连细节都交代了。轮到阮平,他的心咚咚大跳。他不敢说真话,怕尹先笑话。尹先催促了两次,阮平只好硬着头皮说,陶碧。尹先问陶碧是哪个,阮平说了,尹先叫,我×,你小子心不小,居然……老实交代,上了没有?阮平说梦见她就醒了。尹先说阮平不老实,非让阮平招认硬了没有。阮平红着脸认了,尹先料事如神的语气,我就说嘛,没状况还梦个什么意思。阮平怕尹先继续追问，说多难免露出破绽。这个谎让他紧张又憋屈。还好，尹先转了话题，说结了婚的现在肯定都实战呢，咱两个光棍棒子只能画饼充饥，在梦里过瘾。阮平说，你有盼头了。尹先惆怅地说，结婚怎么也得一两年后了，等不及呀，要是能提前演习一场就好了。阮平说，那得把她哄晕了。尹先说，你小子，贼点子倒不少。阮平说，我是现学现卖，你是师傅。尹先邪笑几声，神秘兮兮地说他一直在进攻，不过是佯攻，水到渠成，就可以发起冲锋，不过到时候需要阮平帮忙。阮平不明白，你口才那么好，我能帮什么忙？尹先说，不是借你的嘴巴，是借你的炕。阮平没料尹先要把女的带到自己家，愣愣地问，你俩……我住哪里？尹先说，你先去别处躲一躲呀，过几个小时再回来，怎么样兄弟，我亏不了你。阮平说，你俩可别打架。尹先大笑，瞎操心，好还来不及呢，打什么架？阮平说，随你。尹先在阮平手背上拍了拍。

阮平以为尹先也只是过嘴巴瘾，攻陷女友没那么容易。但七八天后，尹先竟然真的带着女友上门了。那时阮平刚刚吃过晚饭，碗筷还没来得及收拾。尹先大大方方地介绍他的女友王小娜，说她在百货公司上班，阮平想买什么紧缺东西，可以找她。王小娜羞涩地笑笑，说大忙帮不上，小忙可以。阮平琢磨他聊聊再走，还是马上离开，尹先冲他挤眼，问阮平是不是值夜班。阮平立即点头，没错，我正要走呢。他慌慌张张地离开，一只脚没完全伸进鞋里，走到院门口，鞋掉了，他弯腰捡拾，赤着脚走出巷口才重新穿上。比逃兵还狼狈。

阮平在大街游荡，漫无目的。他不知躲几小时，不知尹先和王小娜的演习需要多长时间。尹先叫他值夜班，难道躲一夜吗？公司有下夜的，根本用不着阮平，他只能在大街晃。那时宽城没有夜生活，过九点街上就基本没人了，阮平从南走到北，从西走到东。潘美红突然就闪进脑子，没有任何征兆。或许是他到了城东，而潘美红又在东南角住着。他是想去潘美红那儿待几个小时，潘美红热情，没准会给他做一顿夜宵。她的饼瓷实，饺子倒包得不错，皮薄馅大。到了院门口，阮平又迟疑了，若潘美红问起来，该怎么说呢？想她了，这玩笑开不得的。随便转转，又太假了。若说真话，那等于出卖尹先，没准她还要借机给他上课。对尹先的演习，她定是嗤之以鼻，甚至唾骂。阮平想了想，还是算了，以免引火烧身。走开几步，忽然被好奇攫住，他想看看潘美红在干什么。没有春晚，她还那么夸张地大笑吗？

院墙不高，一迈就进去了。没有风，四周全是虫鸣。心在狂跳，而双脚无声无息。潘美红的窗帘与阮平的一样松松垮垮，灯光挤出来，将窗棂和屋檐涂抹得影影绰绰。阮平贴近听了听，只有电视的声响。他试图从侧面的缝隙瞅，可太窄了，什么也看不见。

略一停顿，他抓住窗栏，站到窗台上。

瞧见潘美红，阮平的头轰地炸了，金花迸溅，差点掉下去。好一会儿金花才消失。阮平猜想得没错，潘美红在看电视。但是，老天！或许是天太热了，她只穿了件花裤衩，上身仅套了件松垮的吊带背心，乳房几乎是裸露的。她半仰着，旁边还放了把扇子。阮平口干舌燥，抓窗栏的手如寒风中的枯草，瑟瑟地抖着。他控制不住了，身体的某个物件抵住了玻璃。一只蚊子落在潘美红胳膊上，她猛拍一下，阮平没站稳，直直地掉下去。潘美红喝问，谁？阮平跳起来，如猴子一样蹿出院墙，消失在夜幕中。

阮平后半夜才回到家，尹先和王小娜离去了，门虚掩着。阮平恼恨自己的下流，可那一夜，每一个梦，潘美红都是主角。潘美红定是被他吓着了。可第二日，潘美红的神色没有任何异常，仿佛什么事也没发生。阮平忐忑的心安定下来，却是更加不解，她为什么不当回事？她没意识到有人偷窥还是对偷窥不在意？如果能问，阮平真想听她有什么高论。但不管怎样，阮平发誓，这勾当到此为止。

数日后，尹先又借阮平的场地演习。尹先说这比抽烟喝酒上瘾，就是大烟也未必比得过。兄弟呀，你帮忙帮到底。尹先可怜兮兮的。

阮平没再游荡，躲进小饭馆，要了两瓶啤酒。没一会儿便脸红脑涨。如果可以喝到天亮，醉了也不要紧。但过了九点，老板就关了窗户，插上窗板，并抹桌子扫地。阮平将半瓶啤酒吹了喇叭，结账离开。

阮平想跑一程，但刚吃过饭，不敢快跑，而慢了也可以消耗时间。尹先的演习怎么也得半夜了，他没地方去。边跑边想象着演习的场面，想象着尹先所说的滋味。不知是喝了酒，还是狂乱的想象，抑或是慢跑的缘故，阮平燥热难耐。鬼使神差，又跑到了城东，再次来到潘美红家。他骂着自己无耻，可就是管不住。

阮平战栗地站到窗台上，还没等看清屋内的图画，背后一声喝喊。阮平魂飞魄散，掉下来那一刻，被潘美红抱住，准确地说，是夹住。就那么歪倾着，被潘美红拖进屋。

我以为是贼，怎么是你？潘美红诧异地瞪着阮平，你偷偷摸摸的，害得我守了好几个晚上。阮平强作镇静，说想看看潘美红在干什么。潘美红说，一个人还能干什么，看电视呗。她没恼没怒，没再审讯，似乎相信了他的话。问他在哪儿喝的酒，是不是喝醉了。你的眼睛都是红的，潘美红说，你的样子好吓人哎。潘美红穿着衬衫，可阮平的目光太烫了，顷刻间将衬衫焚毁，她彻底裸露。阮平呼吸突然变得急促，他听见来自身体的声响，是骨骼与骨骼的撞击，是血液与血液的融汇。他试图遏制，但没有奏效，反因遏制而暴发，如野马脱缰，跃身而起。潘美红如一堵残破的墙,轰然倒塌。

潘美红似乎挣扎来着，但她的胳膊软绵绵的，就像被他施了魔法,阮平没费什么周折便扯拽开她的衣服。

七

阮平被枪决那天，大雪飘落。高音喇叭震耳欲聋，声音是带了毛边的，阮平怎么也听不清，但他明白，那毛边里陈列的每一条罪状都是他的，死后也抹不掉。广场上黑压压的人，尽管雪花阻隔，阮平还是看到许多熟悉的面孔，陶班、吴老师、经理、同事……每一束目光都如杀猪刀那么锋利，狠狠地划割着他。震惊、愤怒、鄙视。还好，没搜寻到陶碧，她还没放假吧。这让他松了口气。等她回到宽城，他已去了另一个世界。潘美红也没来，这让阮平有些意外。她应该来的，她的眼神是最好的痛斥。

宣读完毕，公安猛一勒绳，阮平几乎扑倒，在触到地面那一刻，公安及时抓住他的肩膀。然后，一左一右押着他上了汽车。骚动的人群自愿分开，汽车缓缓前行。驶出广场，汽车加快速度，穿过宽城，直达东山。

那里已经围了二三十号人，阮平知道他们早早地候在这儿，就等着看枪子怎么射穿他的后脑。有的早饭没来得及吃就赶来了，正抽空吃包子呢。包子是韭菜馅的，阮平闻到了。押赴刑场前，他们给他准备了一颗炖猪头，似乎他是去做饿死鬼。阮平没有胃口，瞭瞭就收起目光。此时他突然饿了，死死地盯着那个人的韭菜馅包子，真想咬上一口。公安猛喝一声，他抖了一下，扭转头。那香味却挠着他的鼻孔，他连打几个喷嚏。

阮平跪下，并没按公安的要求闭上眼睛，他悄悄睁开一条缝，看着他将要告别的世界。

砰！枪响了，没有击中。

砰！另外一个法警补了一枪，同样没有击中。

呼啸声大作，阮平惊慌四顾，忽然就看见了潘美红。她手握长刀，骑着猪直冲过来。原来枪声是演练，真正执行的是潘美红。转眼工夫潘美红就到了近前，她怒瞪着，举刀就砍……

阮平惊坐起来。竟然睡着了。他望了望天空，太阳已经西斜，现在应该是下午两点至三点。他仰躺在山坡的洼地，从这里可以窥望山脚下的田野、公路、林带。如果有人上来，第一时间就可以发现。他不敢大意，紧张地瞪视着任何可疑的人。他不时掐着麻木的脸，以防犯困，可还是睡着了。

阮平不知怎么从潘美红家逃出来的，她似乎抓他的裤脚来着，被他甩开了。他一路狂奔。夜黑如漆，他意识混乱，不知怎么找见家的。他哆嗦着寻出钥匙，却摸不到锁。猛撞了几下，发现门从里面插住了。再要拍，忽然想起，尹先在他的炕上演习，大概还没结束。他终于清醒，不该回家的，趁公安还没有到来，必须逃，逃得远远的。他一口气跑到车站，想乘坐第一班长途车。车站还没开门，他在昏黑的台阶上踔行几步，想起身上不到二十元，根本不够坐车。而且，坐车是愚蠢的，半路被警察截住，那就插翅难逃了。还是双腿踏实。跑了一程，有十里，也可能二十里，忽又想，不该向西。西边通向市里，他能想到，警察自然也能想到。应该逆着警察的思维，于是掉头向东。好在奔跑于他是容易的，只是逃亡之跑毫无乐趣，也难以专心。阮平从宽城南绕行时，天已麻麻亮了。数公里之后，他转向东山，打算在山上躲到天黑，然后再逃。夜色里，被发现的可能终归小些。东山是枪决犯人的地方，是宽城的不毛之地。山上没有洞，只能躲在坑洼里。

阮平一遍遍回想，有些能想起，有些全然是空白。但有一点是清楚的，他强暴了潘美红。潘美红虽是个杀猪的，却非寻常之人，那一面墙的奖状，那一长溜的照片，便是证明。阮平后悔不迭，真不该喝那么多酒，不该去潘美红家。强奸犯，这个罪名足以让他千刀万剐。

终于挨到天黑。阮平又饥又困，逃亡的欲望却没那么强烈了，恐惧隐隐生出来。那是另一种恐惧。公安肯定在路上设了关卡，即使有夜色掩护，怕也难以成功出逃。就算躲过了围截，也必定是惶惶不可终日。一年两年，三年五年，终有一天会被押回宽城。前路难测，阮平想到了自首。可是，想到那个梦，他又是一寒。也许从此浪迹天涯，直到客死他乡？

这么犹豫着，夜渐渐深了。自首的念头占了上风，阮平拖着疲软的腿回到宽城。没去公安局，实在是太饿了，他想先填填肚子。就是杀头，也得吃顿饱饭。

门虚掩着，没有任何声音，似乎尹先刚刚离去。阮平正要推，门却开了。看到李闯那张刀锋脸，阮平魂飞魄散，瞬间变色。李闯也是一愣，但他反应快，在阮平瘫下去时,迅疾抓了他的肩,冲屋里喊了一声。潘美红和尹先先后跑出来,帮李闯扶住阮平。阮平战栗不止,看来他们一直在等他,料定他会回来。

把阮平摁在椅子上,李闯哈了一声,他俩硬说你失踪了,这个折腾!然后冲潘美红和尹先说,我说什么来着?太平盛世,不要动不动说人失踪。阮平惊讶的目光飞快地掠过潘美红的脸。潘美红说,你一天没上班,可把人吓坏了。尹先附和,是呀是呀,你怎么连假也不请?李闯说,去年有个女人报警她丈夫失踪了,硬说被绑架了,后来找见,整个人比面条还软。他赌昏了头,两天两夜只吃了一根麻花。然后盯住阮平,你该不会也染了赌瘾吧?阮平僵僵地摇头。李闯没有追问,说人回来就好,明早开会,他得连夜写案情分析。李闯在阮平肩头按了一下。那重重的按压似乎别有意味,阮平觉出来了,但不知李闯向他传递什么。

屋里剩下潘美红和尹先，阮平已镇定下来，他说，对不起，这么晚了，让你们……担心了。潘美红说，没事就好，好好睡一会儿，明儿别误了上班。尹先说，说对不起的应该是我，昨夜我听见你拍门了，开门你已经不在了，生气了吧？你这一出，实在吓人呢。阮平咧开嘴，苦涩地笑了笑。

潘美红和尹先离去好久，阮平仍坐在椅子上发呆。他似乎忘了饥饿。他不相信这是真的，不相信自己稳稳地坐在家里。但，千真万确，他们相继离去，没有对他采取任何措施。潘美红竟然没报警，竟然没有丝毫的愠怒。仿佛什么也没发生。这是怎么回事？难道潘美红不在乎，连自己的贞洁也要无私地奉献？还是那一切根本就没发生，是他的想象，是他的梦魇？阮平彻底糊涂了。

第二天，阮平第一次不是跑，而是走到食品公司的。天际刚刚发白，喜鹊已在枝头喳叫。风缓缓地抚摸过脸颊，毛茸茸的。一只猫大摇大摆地从巷口踱出来，跟在阮平身后走了有二三百米，好像他的随从，时刻要保护阮平的样子。阮平喝了几次，猫才转身。门房的老张头只有见了经理才探出头，那天竟然冲阮平招了招手。整个世界都显得那么不真实。阮平才平静的心又敲起小鼓，目睹的一切都那么的匪夷所思。

吃饭了吗？潘美红如往常一样，问着千篇一律的问题，对她似乎多么重要，阮平早就烦了，连头都懒得点，草草地嗯一声，轻得自己都听不清。那天他郑重地说吃过了，他的目光躲闪了一下，又不那么牢靠地落在她脸上。你脸色好看多了，昨天的样子有点吓人，潘美红说。阮平不知如何回应，冲她笑了笑，虚虚的。肚里有了东西，又睡了一觉，他的体力已经恢复，心却没落到肚里。潘美红也冲他笑笑，阮平惊讶地发现，她突然变得很迷人。潘美红说，别愣着了，干活吧！她出了休息室，阮平才意识到她涂了护肤品，空气中飘荡着淡淡的香味。他使劲嗅了嗅，似乎是茉莉香。

一切就这么过去了。

就这么过去了？阮平又问一遍，没人能回答。或许，那就是他虚妄的想象。他看了太多的推理小说，变得神经质了，混淆了想象和现实。他真是活该。

下班后，潘美红叫住阮平，叫他去她那里。阮平心里咯噔一声，刚刚焊接的缝隙突然裂开。他问她什么事，她说我在门口等你。她没冲他笑，脸是绷着的。阮平磨蹭了半天才出去，潘美红仍在门口。阮平知躲不脱了，硬着头皮走过去。潘美红拍拍车后座，上来吧。阮平说不用，慢跑起来。潘美红本可超过他，但始终跟在他身后。那一切并不是他的想象，实实在在发生了，他罪孽深重。他已然明白，不再抱任何幻想。潘美红没报警，没告发他，并非她不在乎，而是要用另外的方式解决，她自己的方式。阮平想象着即将到来的一切，她将他五花大绑，不，根本不用绑，她夹住他，他就没法动弹了。一刀下去，他就没了声音。她也许会一刀一刀地剐割，在这方面，她也是高手。阮平的腿颤了一下，但没有停。黄昏来临，百鸟归巢，自在安详，而他却被押着。如果阮平撒腿狂奔，潘美红未必追得上。但阮平不打算跑了，事已经做下，听天由命吧。潘美红自是早已打定主意，她装得若无其事，不过是为了麻痹他，按她自己的方式复仇。真是滑稽，她竟然让他上了一天班。他想起那个心惊肉跳的梦，一切早已预示。

潘美红开启屋门，手有些抖，钥匙怎么也插不进锁孔。阮平偷偷瞄她，她的脸似乎也在抖。阮平没有帮她，也没有提醒她可能拿错钥匙了，木然地看着她一捅一捅的。门终于开了，她出汗了。揩揩额头，她后退一步，让他先进。阮平听到她关门、插门，听到她粗重的喘息。阮平没有回头，他不想看到她眼里的凶光。来吧，只要能勾销。

等了几分钟，猜想的一切并没有发生，阮平听到的是另外一种极为陌生的声音。他下意识地回过头，呼吸骤然停滞。潘美红在脱衣服，上身已经赤裸，她正解裤带。阮平惊愕的目光让她停下来，她双手护胸，脸如火焰。不许偷看，你这个坏家伙！她娇嗔。阮平没动，嘴巴张得像茶杯。潘美红瞪着他，别傻站着了，帮我一把。一个声音提醒阮平，这是个陷阱，千万不要。但他的身体已经有了反应，如发面不停地膨胀。他牙关紧咬，努力控制，可效果不大，面团越胀越大，突然间就炸裂了。

疯狂过后，潘美红坐起来一件一件穿衣，她动作很轻，仿佛怕惊着他，又似乎揣着什么心事。阮平仍然瘫着，他眩晕症犯了，忽而被浪头抛起，忽而坠入谷底,不晕才怪。他没看潘美红,直到潘美红推了他一把,他才扭过头。潘美红指了指褥子。褥单是浅灰色的,上面那几朵红格外显眼。潘美红轻声说,你可看清了。阮平突然明白了什么,随之,一个更大的疑团跳入脑海,整个人彻底蒙了。那天晚上是怎么回事?他仓皇逃离,在东山躲了整整一夜又一个白天,难道什么也没发生?只是他的幻想?阮平被自己惊着了。潘美红又推他一下,发什么呆呢?阮平机械地摇摇头,迟迟疑疑地问,那天晚上?潘美红不解,哪天晚上?阮平说,就是……潘美红明白过来,扑哧一笑,你像疯了一样把我扑倒,抱了我一下,转身就跑。阮平仍然反应不过来,整个人都是僵的。

八

婚礼规模不大，但规格挺高。主持婚礼的是宽城工会主席，县妇联送了贺礼，一对暖壶、一条毛毯、一副乒乓球拍。已经退休的老县长专门写了贺联，他曾亲手给潘美红戴过红花，是潘美红的贵人。帮忙的人很多，包括经理。阮平基本没操心。他还没到结婚年龄，公司写了请示，县里特批了的。如果是别人，不可能开绿灯。潘美红是例外。她是宽城的瑰宝，又系大龄青年，没有谁对此提出异议。

潘美红那边，出席的是她干爹，阮平这边只有黄桂仙。干爹是酒厂师傅，刚刚退休。他酒瘾大，早晨醒来先喝酒，十根手指有九根半是颤抖的，半斤酒下去，马上稳稳当当，穿针引线都没问题。清早喝了，婚礼开始前，他把持不住，又喝了半瓶，醉了。终于把他扶上台，在椅子上坐了没两分钟，便鼾声如雷，惹得来客直笑。黄桂仙则神情寡淡，她不痛快。她曾热心地给潘美红张罗对象，没想到她竟然成了自己的儿媳妇。坐在那里，她觉得和潘美红的干爹一样出丑，婚礼结束就直奔车站。没人给阮立做饭，她的理由不容置疑。阮平倒不在乎，潘美红更不计较，黄桂仙走出几十米了，她还喊妈慢走。

往家里走时，潘美红推着自行车，阮平在后面扶着，车把上、车后架上都是贺礼，像刚刚赶了大集。按潘美红的意思，晚上两人住在东城，中午住在西城，阮平没有反对。潘美红提出另外一个方案，阮平也会同意。无所谓哪边。阮平是划算的，那个晚上虽没真正发生，可他毕竟扑倒了她，她若告他，怕也要坐牢的。可她没告，让他如愿以偿，彻底成了他的人。不要一分彩礼，他捡了个大便宜。她比他是大了一些，但那有什么呢？大了懂得疼人，正如经理所言。只是阮平没有新婚的喜悦，无论怎么挤都挤不出来。或许，他拒绝了，她也未必告他。这是有可能的，她不是别人，她是潘美红。阮平没那么做，某种程度上说，他是被她感召了。

走到半路，李闯追上来。他连连说不好意思，原本打算参加婚礼的，可一直在开会，散了就跑来，还是耽误了。他摘下挂在车把上的被罩，以示心意。潘美红说改天给他补酒宴，李闯笑说，那我就等着了，这喜酒我得喝，然后转向阮平，你小子娶了个好媳妇。压了压阮平的肩，好好疼人家。阮平心一动，觉得李闯又在传递什么。他试图从李闯的眼底挖掘，却没有任何收获。那是两口深井，根本没有底。

潘美红继续推车，阮平却没抬脚，他凝望着李闯的背影，一脑子杂乱的念头。出生、出逃、结婚、家庭变故，每个关键点上李闯都会出现，不能不令他惊疑。后架上的纸箱与乒乓球拍掉到了地上，潘美红才发现阮平没扶着，仍在原地发愣。阮平惊醒，急跑几步，蹲下去捡拾。纸箱里是香皂、毛巾之类的东西，没那么易碎。你怎么了？潘美红问。阮平说，没怎么，走神了。潘美红没责备他，提醒他扶好。阮平问是不是她邀请了李闯，潘美红说，是呀，老早就说了，他可是你的恩人呢。阮平没接茬儿。你不高兴了？潘美红回了回头。阮平说，没有，就是有点奇怪，他怎么知道的。潘美红笑了笑，你失踪那天，我快急疯了，幸亏他劝说。阮平脸一热，闭了嘴。潘美红说，他出席，方方面面的人就全了，可惜……人家送了贺礼，也算圆满，提起来咱脸上也有光。阮平想，原来是为了脸面。老县长也是她通知的吧，她为了面子可真是费了心思。这不能说没用，但也没有多么重要。按阮平原先的想法，两人领个证就算完事，但她坚持要办，还搞出这么大动静，恨不得全世界都知道。她每一步每一寸都在证明都在展示，阮平有些不适。

扶牢啊，潘美红说。阮平说，扶着呢。潘美红问，想什么呢？阮平说，没想什么。潘美红问，李警察怎么那么忙？阮平说，谁知道呢。潘美红说，我好几次看见警察在街边吹大牛。阮平说，他是刑警，可能忙一些。潘美红说，与什么警没关系，关键在人，有理想、有志向的人都闲不住。阮平没应。不是她不配谈，而是她不分场合，让他感到别扭。你觉得呢？潘美红问。阮平说，或许吧。潘美红严肃地说，不是或许，绝对是，所以，我不闲着，都说女人结婚就懒了，我就不信，这和结婚有什么关系？两口子互相鼓励，干劲更足才对。阮平又装哑巴。不许拖我后腿哟，潘美红半是警告半是撒娇，你做到了，我天天奖赏你，你想怎样就怎样。她哧哧笑起来，我保证！想到那一幕，阮平的脸隐隐烫了。潘美红追问，怎么样，能做到吗？她等不及到家，就约法三章了。阮平只好说，听你的。潘美红说，不是听我的，谁对听谁的，我可没那么霸道，家庭也要讲民主。阮平说，好吧。潘美红说，我就喜欢你这点，一说就通。

公司给了七天婚假，但潘美红次日就上班了，与以往起得一样早。她要阮平一同去，阮平说要给陶班送糖，还要去图书馆还书。潘美红没有强求，告诉他饭在锅里，匆匆走了。第二日，阮平借口吃坏了肚子，潘美红什么也没说。阮平不拖她的后腿，但也不想如她那般上进。婚假是合法的，为什么要献出去？第三日，潘美红让阮平上班，她没命令，说看不到他的人影，她不能集中心思。要不去吧？哪怕你在一边看着呢，行不？她目光灼灼，口吻却是央求的。阮平突然生出一丝怜惜，说好吧。潘美红拽拽阮平的耳垂，不让你白去的。潘美红要驮阮平，阮平没坐，他喜欢跑，不会因结婚而改变。

日子就这么过了，看似与以往不同，但细想想，又没多大的不同。阮平不用设闹铃了，用不着，潘美红脑里自带，一到点她就醒了。阮平甚是惊奇，不知她是怎么做到的。有她热饭，他可以多睡一会儿。也只是一小会儿。潘美红从不迟到，也不允许他迟到。一个蹬车，一个奔跑，相距五六步，像在比赛。阮平不愿意靠得这么近，但他加快，她蹬得越发猛了；他放慢，她也放缓。在宽城的黎明，他们是一对奇怪的身影。

除了工作，潘美红对阮平的要求并不严，别人喊他喝酒，潘美红从不阻拦，只嘱咐他别喝醉。当然，就是喝醉了，她也不斥骂他。有那么一次，阮平泥一样瘫在酒桌上。天已经晚了，一帮人正琢磨怎么往回弄他，潘美红寻了来。她将他放到自行车上，没让任何人帮忙。担心他摔下来，她小心翼翼，回到家已经半夜了。次日，她只是数落他不爱惜身体，差点耽误上班，再没说别的。

尹先和王小娜的演习有了结果，初冬，两人步入婚姻殿堂。没了尹先这个召集人，聚会没那么频了，阮平原先的家不再是喝酒的据点。冬日寒冷，阮平和潘美红极少到西城住了，现生火，没等屋子暖起来就到了上班的点。隔半月二十天，阮平回去一趟，也只是瞅瞅。

再一个变化，是那一墙奖状。潘美红都装了镜框，有的因为时间久，颜色变淡，更久的，就彻底褪色了。潘美红后悔没早点弄。但这样一来，后墙就挂不下了。阮平怂恿她挂到东屋，东屋只放了些杂物，三面墙皆是空的。打扮起来，还有些展览室的模样。几天后，潘美红说心里空落落的，于是又移过来。阮平买的中国地图与世界地图只得让位。

年根，两人第一次发生争执。阮平想看望陶班，潘美红非跟着一起去。阮平说没必要，他一个人去就行了。潘美红说陶班是重情义的人，两人一起去才对。没邀请陶班参加婚礼，陶班得知后专程上门补了贺礼。阮平没想让潘美红认识陶班，更不想陶班看到潘美红，所以结婚没邀请陶班。潘美红又说陶班是你的恩人，这一生都不能忘。还说要好好候谢人家。见就见了，阮平绝不会带她登陶班的门，哪怕这礼物是她备下的。潘美红说陶班上门不是祝贺阮平一个人，是祝贺她和阮平，所以候谢她必须去，不然就是失礼。阮平说她想得太复杂，陶班根本不在乎。潘美红说就算人家不在乎，你自己也不能轻慢，两人必须同去。潘美红小题大做，阮平觉得好笑。潘美红问阮平为什么不肯带她，是不是担心她说了不当的话，给他丢人。阮平不敢坦陈真实的原因，说他放下东西就走的，若她跟着去了，不免要坐坐，耽误彼此的时间。结果潘美红更是非去不可了，她说哪有放下东西就走的，那连起码的礼节都没有了。阮平说往年我都这样，陶班也没怪我，潘美红说与往年不同，你现在是成了家的人。阮平火了，说要去你去，我不去了。潘美红僵了一下，却没放弃，让阮平好好想想。阮平没理她。过了两日，到除夕了，潘美红催促，阮平依然不肯去。她催得越紧，阮平越不肯。等阮平去街上绕了一遭回来，潘美红不见了，东西也不见了。阮平心想糟了，立即去追。跑到陶班家门口也没见潘美红身影。阮平想潘美红不会这么快找见陶班家，也许她还在路上。阮平不敢大意，守在拐角。等了两个多小时，天暗下来，阮平正要离开，听见开门的动静。陶班一家在送潘美红！阮平定住，肺都要气炸了。

吵了一顿。阮平不依不饶，潘美红据理力争。一个恼火，一个委屈，但当天夜里两人就和好了。准确地说，是潘美红和阮平和好了。她虽然不知自己错在哪里，但央求阮平别再生气。这可是咱俩的第一个年，要好好过啊。她抱着他，在他耳根一下一下舔着。阮平终于被融化，只是还板着脸。他和她约法三章，她可以做她的主，做她和他的主，但不能替他做主。

两人的想法不会一致，所以争吵也就不可避免。当然并不凶，更没有大打出手，若真那样，阮平还不跟个小鸡崽似的。每次都是潘美红先道歉。是道歉，不是认错。道歉，是她说话的方式、语气或用词不当，惹阮平生气了。而错误，除非她自己认为是错的，否则，她不会低头。她向阮平低头，因为他是她的丈夫，而不是因为她错了。

九

潘美红没有怀孕的迹象。她不着急,至少看不出来。她不去看医生,也不催促阮平见大夫。阮平更是无所谓,连做这个丈夫他都没有心理准备,何况当父亲了。两年后,潘美红说自己怀孕了,阮平吃惊地瞪大眼睛,仿佛不认识她。好一阵,他才问,真的?潘美红说,这还能有假呀?你怎么有点傻?阮平说,我没想到。潘美红说,连我都没想到,我还以为自己不会生呢。潘美红平平淡淡,倒是阮平眉眼间生出一洼又一洼的惊喜。他原本以为自己不在乎呢。阮平说,那你得注意了,别再干重活了。潘美红不以为然,我没那么娇嫩,再说,公司有什么重活?阮平说,以前你想怎样都行,但现在不同了,你不要逞强。潘美红盯住阮平,问她怎么逞强了。阮平说,都是两人一组，唯独你单干，这不是逞强是什么？潘美红叫，你怎么这么看我？我力气大，一个人干得了，为什么非要拉上别人？阮平冷笑，给你多开工资了？潘美红反问，凭什么给我多开？多干是我自愿的，领导没逼我。阮平问，你为什么要多干？潘美红说，我乐意啊，别人图钱，我图痛快。阮平忍了又忍，终是没忍住，你是图那张奖状吧？这话有点残忍，阮平担心伤了潘美红的自尊，没料潘美红反而笑了，那有错吗？阮平被噎住，脸色不停地变换。她的思维和他的不在一个轨道。随你吧，阮平终于喘上气，既然你乐意。潘美红看出阮平不高兴了，又哄又劝，说一定小心，让他放心。但穿上工作服，她什么都忘了。

潘美红摔倒，还被猪踩了几脚。她强忍着爬起来，不顾劝阻还要干活，几分钟后再次倒下。等送到医院，已经晚了。

隔年，潘美红再次怀孕。阮平悄悄找了经理，第二天，潘美红就被调去看仓库了。潘美红虽然不乐意，但还是服从公司的安排。看仓库不用去那么早，但每日“闹钟”一响，她就爬起来，做饭，然后喊阮平起床。依然披着星光上路，阮平不敢快跑，有时她蹬得急了，他马上提醒，叫她慢下来。有了上次的教训，潘美红乖了许多。

年底，潘美红生下一个女婴，发生了一点意外，但有惊无险。潘美红的干娘侍候了半个月，黄桂仙虽然不大情愿，还是从包头赶来给潘美红熬了十多天粥。那么几天，黄桂仙告了潘美红好几状。比如她给孙女取名安安，潘美红却叫女儿平红。这让黄桂仙很不痛快，阮平哭笑不得。比如潘美红不听劝，趁她睡着，竟跑出去买酱油，不知道的还以为她这个婆婆支派的。落下病算谁的？黄桂仙越说越来火，她故意和我作对，我还侍候个什么劲儿？阮平清楚潘美红不是故意和黄桂仙作对，她有自己的理由。果然，潘美红说婆婆身体不适，她才跑出去的，而且围裹得严严实实，绝对没事的。阮平数落潘美红不该月子里乱跑，又将她的话转告黄桂仙。黄桂仙不领情，说明明是不把我的话放在心上，反倒是心疼我了。离满月还差一天，黄桂仙便迫不及待地离开。她临行前说的那句话，几乎将阮平压趴。

其实，平红或安安出生七八天后，阮平就发现她有点不对头。她不怎么哭闹，超乎寻常地乖。她的眼睛总是盯着某处，他晃她，竟扳不回她的目光。终于看他了，目光却是混浊的，不像别的婴儿清澈如水。阮平犯嘀咕，但没往坏处想，疑虑一旦冒出来，他就狠狠地驱走。潘美红是善良的，就冲这一点，老天也不会捉弄她。阮平后来明白，他不过是逃避，而黄桂仙的话彻底堵死了他的退路。他不得不睁大眼睛，瞪着残酷的现实。

那一夜，潘美红早早躺下了，而阮平木偶一样坐在椅子上。潘美红喊了几声，他竟然没听见。直到穿着花裤衩的潘美红下地撒尿，拽他的耳垂，他才醒悟，问她干什么。潘美红略有些羞涩，问，你不馋吗？她身上散发着奶味、汗味，还有别的说不出的味道。若是以往，阮平早就控制不住了。可那天，他心情郁闷，没有丝毫兴趣，挥挥手让她先睡。潘美红似乎觉得魅力不够，扭了扭，连背心也脱了。她胖了一些，肚腩高了许多，似乎仍有一个婴儿在那里藏着。两个棒槌似的大奶微微耷拉着，光洁闪亮。她奶水好，平红吃不完，乳头总有汁液溢出。见阮平仍不动心，她轻轻揉捏，奶汁喷泉一样喷到阮平脸上。阮平惊跳开，猛喝，你干什么？！潘美红没料到阮平发这么大火，她一脸的委屈。但她马上就道歉了，叫阮平别生她的气，她只想逗逗他。要不，你往我脸上喷，我保证不恼。结果她被自己逗笑了，喷什么呢？你来挤？阮平说，快睡吧，小心感冒。潘美红说，我这么壮，才不怕呢。你是不是遇到什么事了？我能帮你吗？阮平叹口气，不知她是粗心，还是真的憨。他和黄桂仙都看出来了，她难道什么都没发现？

潘美红钻进被窝，目光却荡漾着阮平。阮平心里一动，却忍不住又叹息一声。潘美红问他发什么愁，阮平小心翼翼地说，平红可能有些问题。潘美红猛地坐起来，脱口道，有什么问题？阮平斟酌着，她智力……可能——潘美红打断他，那又怎样？阮平惊问，你是不是？潘美红声音铿锵，就算她是傻子，也是咱的娃，我要把她养大！阮平结巴了，那……那……他想说什么，却突然忘了。潘美红宣誓似的说，有我一口饭，就有她一口饭，你放心好了！阮平终于记起，却拽不出嘴巴，那些话在喉咙里、在舌苔上、在牙缝间，碰撞、咆哮、撕扯，他的腮帮子像帐篷一样鼓胀起来，越胀越大，终于炸裂，碎片随风飘散。潘美红没听到,她的声音盖过了一切,或许这是对你我的考验,别怕,夫妻同心,其利断金,没有什么战胜不了的!

十

阮平提出离婚是在平红三岁的时候。那是夏日的傍晚，潘美红煮了半锅面片。她喜欢吃馒头、大饼、揪面片。她又胖了一些，自行车咯吱声更响了，承受不住似的。但她仍单独夹抱三百斤的肥猪，虽有些喘，却拒绝任何人帮忙。

饭是潘美红一个人做的，她不让阮平下手，除非她忙不开。面片软了，煮的时间又久了些，成了面糊汤。刚端起碗，平红拉了。潘美红对阮平摆摆手，我来。她撩起护襟擦擦额头的汗，跪在炕上，一手抱起平红，另一手抓着卫生纸。擦完，她将纸团隔着桌子抛到地上。阮平皱皱眉，将头埋得更深了些。喝了半碗，怎么也喝不下去了。潘美红看他，他说我不饿，潘美红便将他的碗拿过去。先喝了他剩的，才喝她那碗。连喝三碗。第四次,她没用碗,用的是搪瓷盆,把锅底清了。吃饱了,还剩这么多!她说着吃饱了,可还是端起搪瓷盆。她饭量惊人,阮平早有领教,并不意外,就算她吃饱,也能加一个馒头。但那天,阮平看到潘美红把头扎进乳白色的搪瓷盆,忽然有种说不出的厌嫌。潘美红没看到,她全身心地对付那一盆面片汤。没错,她不像吃,而像是在战斗。她吞咽声极响,速度极快,像安了水泵。不知是热还是过于卖力的原因,她原本湿漉漉的额头又冒出数滴新汗,赤裸的膀子上也是密密麻麻的汗珠。恰在这时,平红哭了。潘美红顿了一下,加快速度。汤没能完全灌进嘴巴,有一些流到下巴,滴淌得满胸皆是。

就在那一刻,阮平望见了自己的未来。望到头,也就是这个样子了。他将彻底淹没在潘美红的呼噜声与吞咽声中。然后,他的背一日日弓驼,发一天天变白，牙齿一颗颗掉光，双目一层层混浊。

阮平绝望至极。离婚的念头不是那晚生出的，早就有了，只是他一次次按压。他盼望奇迹发生。那时，一切或将改变。但那个夏日的傍晚，他明白至死也是这个样子时，那个念头弹射而起，他压不住了，也不打算再压。

潘美红将哭闹的平红哄睡着，才揩揩嘴角。她冲阮平嫣然一笑，问他是不是没吃饱，说夜里饿了她再做。阮平没有任何犹豫，说，咱们分开吧。潘美红听懂了，脸色瞬间变白，浑身如筛晃荡，但她似乎又不怎么明白，盯住阮平，分……开？阮平说，离婚。潘美红嘴唇哆嗦，为什么？阮平说不为什么。潘美红仍执拗地问为什么，她的眼底闪烁着水光。阮平横了心，明天就去。潘美红还要问为什么的，但嘴唇怎么也磕碰不到一起。阮平没再和她对望，起身离开。

提出来了，阮平却没有预想的那样轻松。从东城跑到西城，竟歇了两三次。潘美红始终在眼前晃。或许是暗夜的缘故，她的脸越发白。他差点返回去，但回望片刻，还是扭转头。早断早了，他对自己说。

自有了平红，阮平和潘美红没在西城住过。空置了大半年后，阮平将房子租了出去。租户是药材贩子，也就夏秋季住，冬春季是闲着的。潘美红劝他卖掉，一处房就够他和她住了。他问黄桂仙，黄桂仙说房子给你了，你自己处置。阮平本来要卖了，但看到那辆落满灰尘的自行车，改了主意。亏得没卖，他暗自庆幸，不然要露宿街头了。阮平打算和药材贩子挤一夜，从现在，他要变成另一个阮平。但门是锁着的，想必药材贩子出去吃饭了。阮平在巷口等了两个小时，也没等到药材贩子。阮平想到了陶班，想到了尹先，甚至想到了门房的老张头，最终都排除掉了。那要费许多口舌才能说清，甚至费口舌也解释不清。

午夜,大街上难见人影。阮平已没了奔跑的欲望和动力,拽着沉重的腿回到东城。离了婚,和潘美红也不可能不见面、不相往来。就这么一个夜晚,没必要躲。阮平没地儿去了。但他并不是没地儿去才回来的,在他硬如石头的心底,总是有那么一点点不踏实。

潘美红仍然是阮平离开时的姿势, 一动不动,凝固了一样。下巴流溢的面片汤已经干了,痕迹越发明显,她的膀子仍然裸着,没了汗珠,一只苍蝇不知疲倦地起起落落,仿佛那里有什么美味。桌上的盘、碗、筷、盆好像自己挪动了,散乱不堪。潘美红的脸在白色之外,又多了一层青。潘美红仍然凝固,就连她的目光也牢牢地焊接在那里。阮平吓了一跳,先是轻唤一声,她没应,他急又推她。岿然不动,但她的眼球转了。只是像生了锈,转得不那么利索,好一会儿才与阮平对视在一起。

我不离！她说，声轻如羽。

死也不离！她说。有了铁屑的味道。

我哪里错了？铁屑里带了悲怆和迷惘，你为什么？

阮平干咽了一口，说，你没错，是我……

不，一定是我哪里做得不好，你指出来，我改！

阮平摇头，你做得……很好。

潘美红眼睛里的红色一层层地厚了，好，为什么要离？我哪里对不起你？

阮平无言。

潘美红问，你不肯说？你有别人了？

阮平摇头。

潘美红说，有别人也没关系，只要你晚上回来，早上走出家门，我假装不知道。

阮平说，没那回事。

潘美红说，那就别离！

阮平又哑了。

潘美红说，我可以死，我不怕，离婚……绝不！除非你杀了我。你要杀我吗？来吧。

阮平抖了一下，说，你别胡说。

那就不要……行吗？潘美红又改成乞求。

阮平说，你何必……

行，还是不行？温软的语气里夹了骨头。

阮平说，先睡吧，明天再说。

潘美红凄然一笑，如果你还要离，就没有明天了。

阮平不知潘美红会干什么，他预料不到。他想收拾桌子，被她摁住。凝固了的她动作极快。

行……吗？她问。

好……吧。阮平说不清是被她镇住了，还是她柔弱的目光触动了他。

自此，潘美红对阮平更好了。阮平有三分之一的活被潘美红抢了去，为了能多替阮平干点，她上厕所都是快步来回，休息室根本见不着她的人影，偶尔进来一趟，也是为阮平倒水。下了班，她不再让阮平去邻居家接平红，自然更不让他生火做饭，这一切她全包了。诸如此类，可以列出一大堆。似乎阮平是一件瓷器，潘美红小心翼翼地端着，生怕他摔成碎片。

可是潘美红的好并未拴住阮平的心，反让他更加厌嫌。一个月后，阮平再次摊牌。汲取了上次的教训，阮平拐了个小弯儿。时间也是精心选择的，刚刚熄灯，这样她至少不会木橛子一样戳着了。阮平交代了自己做过的坏事，有一些是编的。总之，他一无是处，罪恶累累，不配和她在一起。潘美红起先还问真的吗，他说当然是真的，后来她不再问，他以为她彻底相信了。水到渠成，他正要将离婚拎出来，她猛地抱了他，说你就是个残废，我也不嫌弃，人非圣贤,谁不犯错。阮平说,可是……她打断他,没什么可是,你我已经绑在一起,天塌了,共同顶着,不求同生,但求同死。他还想说点什么,但她紧紧搂住他,他连喘息都困难,还哪里顾得上说话？胎死腹中,比第一次还惨。

潘美红不是死就是不给他说话的机会,如若再提,不知遭遇什么。他能看到自己的后半生,却看不透每日睡在身边的潘美红。惹毛她,没准会剐了他。那些推理小说堆在脑里，血淋淋的画面一抓一大把。

阮平离婚无望,生出逃离的念头。逃离是他一个人的事,没那么大风险。过个两三年三五年,她自然想通了,也许他不用出面都可。

一切如旧,阮平不动声色地准备着。星期天,阮平从自己和潘美红共同的折子上取了些钱,大半的钱还是留给了潘美红和平红。然后跑到商场买了双运动鞋,给潘美红和女儿各买了一身衣服。离开时,看到旁侧的货架上有儿童玩具，又选了一个洋娃娃。

阮平的礼物令潘美红受宠若惊,那一晚用她的方式狠狠地回报了阮平。次日中午,阮平说和朋友吃饭,让潘美红自己回家。潘美红没有任何怀疑,她说如果顾得上,买几个搪瓷盘子。家里的盘子和碗快被平红摔完了。阮平点头,说尽量。潘美红蹬车远去,阮平撒腿就跑。他没有奔向车站,而是一路向西。跑出十几公里后,拦住驶向市里的中巴。到了市里,直奔火车站。他没有明确的目的地,只想逃得远远的。离开宽城,哪里都行。

十一

距年底不到一个月，阮平辗转到了深圳。二十世纪九十年代初，深圳的格局尚显怪异，在平房矮楼间竖着一座座摩天大厦。每天有大量的南下务工人员被灰暗的火车站吐出来，每个人的目光都亮闪闪的，像嵌了银镜。每双银镜后面都有一个梦，如同汪洋大海。在梦的世界，没想法是不可思议的。阮平淹没其中。刚进入食品公司时，阮平还有志向、有梦想，后来凋谢了，什么时候归于尘土的都不知道。现在又生根发芽了。他萌生了写推理小说的念头。在这片掘金的热土，阮平的想法显得幼稚可笑，甚至傻气。但深圳就有这样好，你再疯，没人说你疯；你再傻，也没人当你是傻子。只要你敢，只要你愿意。

阮平在自行车厂找了份工作。半年后，改去玩具厂，然后是家具厂。不管在哪儿，逢休息日他就往书店跑，夜晚在被窝里打着手电筒写下一行行文字。虽不成篇，但令他兴奋。自然，他没放弃跑步。听不到潘美红的声音了，但她的“闹钟”却没失灵。“铃”声响起，他就爬起来，沿着深圳的大街跑十余公里，待他返回，同宿舍的人才刚刚起床。时间允许，他就跑得更久。

某天，家具厂老板找阮平谈话，分配给他一项新工作。阮平不用再到车间工作，只需跑步，上下午各三个小时。当然得穿戴上印着家具厂名称的衣服和帽子。阮平欣喜若狂，简直不敢相信自己的耳朵。签约时，阮平手直抖，生怕老板翻悔。

一跑就是三年。阮平挣了些钱，不多，相比宽城，这个数字还是挺了不起的。他打算寄一些给黄桂仙，寄一些给潘美红。三年，他没写过一封信，没打过一个电话，彻底割断了与宽城的联系。他以为早已将潘美红和平红遗忘,当他算着存折上的数字时,潘美红突然闪出来,他才明白还记着她。不是牵挂和惦念,而是某种责任,还有隐隐约约的愧疚。同宿舍的一个姓钟的一直在炒股,怂恿阮平。阮平禁不住劝说,那诱人的数字让他动了心。阮平没想过暴富,只想让钱多生一些,那样就可以多给潘美红寄一些。弥补越多,愧疚越轻。但阮平没那么好的运气,两月不到,腰斩,再腰斩。阮平几乎要哭了。他没敢撑,怕撑下去会彻底被吞噬掉。

一觉醒来,阮平突然想回家了。他跑遍了深圳的大街小巷,自觉对这座城市熟悉得不能再熟悉,怎么瞅都感觉亲切,当深圳完全陌生的一面呈现出来,他看到了这个地方的冷酷无情。梦是不禁摔的。阮平梦碎了,终于想起宽城。

同样是秋天,只不过这次是一路向北。阮平仍然选择火车,不舍得买卧铺,没座,他宁可站着。若连站票也买不到，就在火车站随便凑合一夜。那点可怜的钱他分成两半，一半装在衣兜，一半装在裤兜。某天凌晨，裤兜的钱不翼而飞。亏他想得周全——更像是讽刺，不然只能跑着回去了。回到宽城时，身上的钱还没有逃离时多。他不慌张，自然也不坦然。他心情复杂，难以言说。

傍晚时分，阮平到了东城的家门外。亮着灯，炒菜的香味飘出来，阮平已经饥肠辘辘，不由得吸吸鼻子。是猪肉炒芹菜！不同于南方，这是过日子的味道。这样的味道令疲惫的阮平感到温暖，当然，还有一丝忐忑。这味道是属于潘美红的，不属于他。他没有马上进去，生怕那气味将他轰出来。他看到了自己的贱。他抛弃了她，不辞而别。现在又觍着脸回来了，跟个乞丐似的。一路上他没惧过，此时心一再往上提。或许，炕上躺着陌生的男人。和什么样的男人在一起，潘美红也会让其坐享。这一点，阮平毫不怀疑。阮平等着陌生的声音响起。那样,他就不必进去了。

突然嗞啦一声，那是冷水扑进热锅爆出来的。阮平被召唤似的,往前弹了两步,疲弱的身子飘过门槛。

潘美红刚刚端起盘子,触见阮平,目光顿时炸裂,她啊了一声,盘子从手中滑脱。阮平从天而降,把她吓着了,她的嘴巴好半天才收拢住。你?她瞪住阮平,一动不动,仿佛眨下眼睛,阮平就会消失。她踩着瓷片、芹菜慢慢走近,小心翼翼地伸出手,先摸摸阮平凸起的肩骨,又摸摸阮平的脸,确信自己没有眼花,她看到的不是鬼影。她突然嗷了一声,猛将阮平抱住。不,是箍住。阮平设想过种种可能,她抽他、踹他,痛斥他的无情,哭诉她的艰难,至少,她要甩一个冷脸给他。没料到,迎接他的竟然是肥厚的拥抱。阮平没法形容自己的心情,越箍越紧,他几乎喘不上气了。松……松一点，阮平大张着嘴哀求。潘美红没听见，像他是什么宝贝，她被失而复得的喜悦冲昏了头。她并不知阮平被箍拥得呼吸都困难了，她身不由己，那完全是下意识的。直到阮平叫起来，她才松开，问他怎么了。阮平脸色惨白，上气不接下气地说，没什么，我饿了。潘美红哎呀一声，瞅着狼藉的地面说，你洗把脸，我这就炒，对了，她忽然想起似的，扯着阮平走进里屋。

平红在炕上玩塑料拼图。阮平虽然有所准备，心还是直往下坠。平红已经六岁，身坯发育倒还正常，只是她的脸浮肿似的，与身高不大相称。而她的目光与三年前一样，像是拼接成的，粗涩、僵硬。潘美红说若不是她天天教，平红就将他忘了，可是她指着阮平叫平红喊爸时，平红却不张嘴，只是吃力地看着阮平。潘美红急道，叫啊，昨儿你还叫来着！由于紧张，平红的目光散乱开。阮平低声说，别为难她，一会儿我教她。潘美红说，叫我惯坏了。

其实，阮平也挺紧张的。只剩下他和平红，阮平冲她讨好地笑笑。平红没回应，她缩回目光，低下头。阮平坐到她面前，说，我来教你，如何？他本来想说爸的，但到嘴边又改了。不是不愿意，而是底儿虚。平红既不反对也不点头。阮平说，这个要和那个接在一起，然后是这个。阮平拼了一遍，让平红按他的演示操作。平红拿起一块，拿第二块时有些迟疑，她看阮平，阮平鼓励她，对，就这样。每拿一块，她都要看阮平，等他指示。终于完成，阮平竖了竖大拇指，平红要笑的，可似乎不知该不该，嘴咧了咧，便停住，等阮平指示。阮平微笑着点点头，她才把嘴咧大了些。她“笑”了，阮平却感到疼痛。他摸摸她的头，小声说，叫个爸好吗？平红开始发抖。阮平安慰，不要怕，来，让爸抱抱。他没想这么快进入角色，可疼痛感像催化剂，他控制不住了。平红没有靠近的意思。她被阮平拉进怀里。阮平迫不及待。他没敢用力，只是环着她。平红抖得越发厉害。阮平说，没事的，别怕。然后，他感到了湿热。平红吓尿裤了。庄严的仪式就这样被一泡尿破坏，阮平立马松开如树叶般颤抖的平红。他什么都没说，可恐惧的平红还是噙了泪。没掉下来，仿佛等待他许可。

这时，潘美红端菜进屋。尿你身上了？她问。阮平忙说，不要紧。潘美红说，她一紧张就这样，怎么也治不好。潘美红揭开柜，将三条崭新的裤子丢给阮平，让阮平选择，然后才给平红更换。平红的泪珠终于滚落下来，潘美红柔声说，别怕，他可是你爸。

那个夜晚没有初进门时的激奋和热烈。似乎那一刻燃烧过度，火焰熄灭后，只剩了遍地灰烬。黑暗中，阮平和潘美红听着平红的鼾声，谁也不吭声，仿佛不知说什么。但阮平清楚，沉默并不是无话可说，而是意味着风暴。她再大度，也不会装哑。他等着她问，等着她审问，等着她审判。这一关早晚要过，不如趁早。有黑暗的掩饰，她看不到他的窘迫和狼狈。

潘美红终于开口，困吗？

阮平说，不困。

潘美红说，他们，所有人，都说你扔下我和孩子跑了，但我不信。

阮平说，他们——

潘美红打断他，我不信他们，我只信自己。

阮平说，可是——

潘美红再次打断他，没什么可是，你不是这样的人。

我他妈就是这样的人！阮平差点就吼出来，只是喉咙突然被塞住，他喘不上气。

潘美红说，我是对的，他们都错了。

阮平终于畅通了一些，抢着说，我没你想得那么好。

潘美红说，你是我男人，好不好我知道。

阮平不知她真这么想，还是故意这么说。但不管怎样，她赦免了他，没有任何条件。

你就不想问问？阮平问。

潘美红说，问什么？你自有道理！

阮平叹口气，你该问的。

潘美红说，你不回来，我倒想问，你都回来了，我还问什么？

阮平颤声说，美红！

潘美红将腿伸过来，我就知道你想我了。

阮平瞬间就被点燃了。

十二

日子又回到了从前，当然不完全一样了。再不能一个蹬车一个奔跑着去食品公司了。潘美红下岗了，就在阮平逃离的第二年。本来没有她，轮到谁也轮不到她的，但她主动提出为公司分忧解难。她是第一个也是最后一个个人申请脱离单位的。潘美红就这样揣着顾全大局的奖状出了公司，干了个体。阮平被公司直接除名，比潘美红还简单。

潘美红干的还是本行，开了家肉铺。每日黎明，她将尚在昏睡的平红抱在平板车上，为防止平红掉下去，要绑好几道。先去进了肉，然后回到在东城租下的店铺，开始一天的营生。起先没捆平红，自她擅自穿越马路差点被撞后，潘美红就拴了她的手腕或脚腕。平红不像别的孩子，极少哭闹，所以并不影响潘美红卖肉。除了生肉，潘美红也卖熟食，头蹄下水之类，都是她自己煮的。潘美红要价低，又不缺斤少两，在那条街是生意最好的一个。没有部门给潘美红发奖状了，但别人夸她人好或熟食好，潘美红的脸就会长出花来。靠这些花喂养着，潘美红独自拖着孩子，日子并不悲戚。当然，更重要的原因，她告诉过阮平，她相信他会回来，她在等他。

若有人问她，一个人够累吧？潘美红说，不累，平红她爸快回来了。平红偶尔哭闹，潘美红也会抬出阮平，把鼻涕擦干，嫩唧唧的，你爸看见就不喜欢你了。平红就安静下来。潘美红一直都在念叨阮平，这些潘美红没说，是李闯告诉阮平的。

那是在阮平回来一周后的傍晚，阮平和李闯坐在肉铺对面的酒馆。李闯脸上的刀锋似乎更多了，白发却少了。坐一坐，是李闯提出来的，阮平受宠若惊，心里直敲小鼓。李闯不会无缘无故请他，准是要问什么。想来潘美红找过他，毕竟他失踪的时间太久了。阮平不敢直视李闯的眼睛，李闯就算笑着，深井后面仍含着锋利的东西。直到喝了些酒，鼓声渐息，阮平的目光才略略安定，不怎么摇摆了。

去年，一个小偷假装买肉，从肉铺的钱匣里偷了两百元，被潘美红抓住。小偷掏刀威胁，潘美红没松手，反和小偷扭打起来。结果小偷被潘美红压倒，断了两根肋骨。李闯笑着说，先前是你妈，现在是你老婆，都让我碰上了，你说巧不巧？连我搭档都说邪门。阮平也觉得不可思议。是不是不信？李闯指指对面，你老婆可以做证。阮平忙说，我信，太谢谢您了。李闯摆手，没必要谢，别的警察碰到，也不会旁观的。你说，咱俩是不是有缘？阮平说，您是大恩人。李闯又摆摆手，别用这么重的词，我也没别的事，就是找你聊聊天。

你失踪过两次，第一次一天，第二次三年，李闯帮阮平算账。我至今仍记得你老婆,那会儿你还没娶她,我能这么称呼吧?第一次来找我的情景,急得快疯了,若不是我打包票,她没准要揪我找你呢,她是能做出来的,对不对?可你第二次失踪,哦,你不介意我这么说吧,作为你的妻子,她从未找过我。你知道为什么吗?阮平摇头,又补充,她相信我会回来。李闯说,不只这些吧,你该清楚的,当然,你不必告诉我,我想说的是,我主动找过她,因为当时私下有说法或者说猜测,你被你老婆大卸八块了,连局长都听说了。我不相信,潘美红是什么人?怎么可能干出这种事?但我还是问了她一些问题,不是传唤,我是登门问的。至今,她恐怕都不知道她被怀疑过。那也不是坏事,我证明了她的清白。那次问话,她张口闭口我家阮平,没有丝毫埋怨。说实话,我挺吃惊的。你是不是对得住她,自己心里有数,但我敢说,她对得住你。

阮平低下头，羞愧万分。

阮平明白了李闯请他的用意，等于开了特别的审判会。他让阮平看到并正视自己的“罪过”。李闯起身离开，又按按阮平的肩，安心过日子吧。

那个夜晚，阮平极为卖力地与潘美红鏖战了一番。然后他将潘美红搂在怀里，嘴上没讲，心里说了上百个对不起。李闯的审判是有效的，阮平发誓，就此踏踏实实和潘美红过下去。他绝不拿潘美红和陶碧比，就算陶碧是仙女。陶碧不属于他，属于他的只有潘美红。潘美红那么多优点，他竟然看不到。现在，他要将眼睛睁大，睁到最大。

确实，阮平收回了心，日子说不上多么有味道，可安稳、扎实。每日凌晨，潘美红去进肉，他留在家里照看平红，顺便干些家务。平红睡醒，他领着她去肉铺。傍晚闭店，阮平和平红坐在平板车上，潘美红拉着父女俩往回走。阮平试图让潘美红坐在车上，他来蹬。潘美红不肯，说自己有使不完的劲儿，阮平只得作罢。回到家，潘美红做饭，通常情况下，阮平等着吃就行。因为要卤肉，潘美红常常干到半夜。阮平睡醒一觉，她才钻进被窝。但“闹钟”一响，她就爬起来。

几个月后，阮平就厌倦了日复一日的单调生活。他觉得自己就是潘美红养的一条寄生虫，除了照顾平红，除了夜晚作为丈夫的职责，再无其他用处。他曾提出干点什么，肉铺潘美红一个人就可以。尹先弄了个肉联厂，正需要帮手。潘美红没反对，但也不是很赞成。她说如果是为了挣钱，大可不必，她生意不错，那些钱足够他们花了，用不着去尹先那儿受累。阮平说不只是为挣钱，就是太闲了，不自在。潘美红说阮平不在身边，她就发慌。她以为阮平怕人说闲话，说她乐意让阮平闲着。阮平说自己不乐意，潘美红不明白，她承揽了几乎所有的家务，他还有什么不乐意的？虽不明白，她还是同意阮平跟着尹先干，只是又得拴捆着平红了。她这样说，阮平只好把想法搁置。

十三

某天夜晚，阮平刚迷糊着，潘美红钻进被窝。她满身肉味，头发、面孔上都是。他从她的动作知道她有想法了。还没完全醒来，他就爬到她身上。潘美红卤肉时不停地尝，每晚几口，都长在了她的身体上，她宽了许多，这使阮平觉得他是和一堆肉在作战。

潘美红终于睡去，她的呼噜也带着卤肉味，阮平却难以入眠。他又一次望见了人生的尽头。衰草遍地，杂羽乱飞。他像一块风干的卤肉，皱巴、坚硬，蚂蚁都不会碰他一下。他渐渐被尘土覆盖，日出日落，月圆月缺，再和他没有任何关系。难道就不能替自己考虑吗？这次，他不打算偷偷摸摸离开，必须彻底了结。宽城离婚的夫妻多的是，别人能，他为什么不可以？

次日吃过晚饭，潘美红正准备制作卤肉，阮平让她歇一歇，他有话说。潘美红边系围裙边说，你说你的，我干我的，两不耽误。阮平说，你最好是先听我说。潘美红觉出阮平语气的严肃，但并未停下，只是慢了。她看着他，透着紧张。或许她意识到了。阮平的心颤了颤，但没有迟疑，咱们还是分开吧，他说。他扭开头，很快，又转过来。她的脸白了，分……开？阮平说，离婚。他的注解像一把榔头，潘美红摇了摇头，为什么？阮平说，咱们不合适，分开都好。潘美红仍然陷在惊惧中，脸色不停地变换。我等了你好几年，她说。这就是她的致命武器，用她的坚韧攻击他的良心。阮平说，你是好人，我不配。潘美红摇摇头，凄楚而失神地说，这不是真的。阮平说，你这么好，你会有好报的。这句并非虚伪的话激怒了潘美红，她的声音突然提高，什么好报？离婚吗？我做错了什么，你这样对我？我不离！坚决不离！就算刀架在脖子上我也不离！她转身，从板上抓起剔骨的长刀，往阮平手里塞，看我不顺眼，你捅了我吧。捅死我，你想怎么痛快都行。阮平往后退，潘美红立马靠过来，大嚷，捅我呀！阮平说，你这是何苦？潘美红被怒气裹挟，整个人胀大一圈。她叫着嚷着，将阮平逼到墙角。阮平甚是恐惧，那刀足以把单薄的他穿透。美红！他的声音打着战。潘美红叫，你不敢是吧？我替你捅！刀尖瞬间就抵住她的胸口，阮平及时抓住她的手腕，哀求，美红，千万别！他的阻止反让她更加暴怒，她的脸呈现出紫黑色，松开！别假惺惺的！

平红在看电视，先前可能以为阮平和潘美红在玩什么游戏，费力的猜测使她的眼睛瞪大了许多。她终于明白那不是游戏，大哭起来。

潘美红立时就软了，阮平趁机夺过刀。彼时，他的衣领已经湿透了。阮平没敢再提。他不想闹出人命。他痛恨自己的软弱，痛恨自己的不堪一击。

那夜躺下不久，潘美红把阮平拽过去，搂在她肥厚的怀里。她已经没了怒气，像个慈爱的母亲。就像他是她叛逆的孩子，她会呵斥会修正，此时她又因自己的粗暴而后悔，觉得应该抚慰他。她半是安慰半是哀求，我吓着你了吧？别和我计较，我改，坚决改！你不要再提离婚的事好吗？我不会离的，死也不离。阮平沉默。只能沉默。在某个时刻，她确实感化了他。她这么好，他有什么不知足的呢？潘美红没再说什么，只是紧紧搂着他，似乎她稍稍松开，他就会逃离。阮平呼吸有些困难，潘美红感觉到了，松开一些，似乎马上后悔了，再次揽住他。你甭想逃，她说。已经有了警告意味。

日子再次风平浪静。但厌倦如潜伏在阮平身体里的病毒，时不时地兴风作浪。发作起来，阮平的心情就陷入无底的黑暗。

离开潘美红，这个念头再次蠢蠢欲动。其实从未间断，只是暂时被压制。离婚行不通，只能如上次一样逃跑。这次，他发誓再不回来，彻底告别。

但没上次那么容易了。在那个夜晚之后，潘美红加强了对他的监控。日子表面平静，其实暗流涌动。她不放心他。每天他与她一起进肉，一道开肉铺的门，收摊后与她一道回家。他必须在她的视线范围内。她没有这样说，但其实就是这么做的。和别人吃饭，在肉铺对面的饭馆她才放心。有一次，尹先喊他帮忙，潘美红竟然锁了肉铺随他一起去了。这等于拴了链子。她松开了平红，却又拴住了他。他钟爱的跑步，不得不放弃。

同时，她对他也愈加宠爱，那确实是宠。除了必要的忙，她什么都不要他做。他完全坐享，如同婴儿。精诚所至，金石为开。苍天不负有心人。这是潘美红的信念，也是她的旗帜。

自然，她也有所困惑，不是对旗帜有疑，而是对他。有一天，她问他，你当初是喜欢我的吧？他轻轻嗯了一声。她说，我就知道，逮见你扒窗户那会儿我就知道。阮平没说缘何有那荒唐的举动。说不清楚。潘美红说，不喜欢你不会娶我的，后来咋就……阮平说，不早了，睡吧。潘美红没再追问，再次重申，有什么做得不好的，要他指出来，她改。谁生来也不是圣人，我会改掉所有的毛病。她说。

他沉默。因为无语。

她终于睡着了。

躺了一会儿，他突然想，这是个机会。他先摸索到裤子，然后是上衣。他无声无息地穿好，溜下炕，却怎么也找不到鞋。难道潘美红把他的鞋藏了？这太过分了，他又急又气，休想拦住我，光脚也能逃的。在他推开门那一刻，潘美红绊了他一下。

阮平从睡梦中惊醒。原来是做梦。潘美红的一条腿压过来,沉甸甸的。阮平没动,任她压着。他悲哀地想,她看守得这么紧,他也只能在梦里逃离了。

那个梦在脑里生了根，隔阵子就跳出来滋扰，阮平被折磨得疲惫不堪。

一年时间,就这样在链子的拉扯中过去了。

初冬的一天,阮平突然腹泻。睡前吃了两粒肠炎宁,但半夜腹部又开始抽痛。他拉着灯,刚摸到褂子,潘美红突然惊坐起来,问他怎么了。阮平说还不行。与此同时,他双腿伸进裤子,跳下地,趿了鞋就往外走。他弓着腰,生怕出了洋相。他没去外面,直奔园子的一角。还算及时,他大大松了口气。因为惶急,除了自己制造的声音,他没听见任何动静。当他拎了裤子立起,猛地看到前面的黑影,突然魂飞魄散,叫出了声。黑影说,是我呀,怎么了?阮平这才意识到是潘美红,早该想到的。你站在这儿干什么?他说不出的恼怒，潘美红显然没料阮平发这么大火，说我怕你跌倒啊。你是怕我跑了吧？他差点就嚷出来，冷风塞住了他的嘴巴。他丢下她，大步回屋。

阮平爬到炕上，钻进被窝，潘美红仍在地上立着。阮平扭了扭头，这才发现她只有上身穿了棉衣，扣子还没来得及扣，肚皮及半截乳房裸露在灯光下，像被扯了皮的树木。而她的双腿则是光着的，鞋倒是穿着，但明显穿反了，这使她的身姿严重倾斜，形象极为滑稽。他能想象她追逐他的急切和仓皇。

怜悯混杂着愤怒，从不同的方向聚拢。你不睡了？他没说难听的话，声音和眼神足以表达。你怎么不脱衣服？潘美红问。原来她担心的是这个。阮平没好气，我怕再起夜，你替我穿呀？！随后他突然想，那是潘美红求之不得的。潘美红说，就在家里吧，我倒就是了。这比阮平预料得更加糟糕。阮平大叫，我又没瘫！潘美红委屈地说，我是怕你冻感冒。阮平扭过头不再搭理她。值得发这么大火吗？随你的便吧，潘美红说。

潘美红脱掉棉衣,重重扔到脚底,拉灭灯,屋子重归黑暗与寂静。

潘美红已经是惊弓之鸟,照这么下去,两个人总有一个要疯掉。如果说以前积聚在心里的是隐约的无奈和歉疚,那么这个夜晚,愠怒和不满彻底吞噬了他。阮平并没打算在这个夜晚逃离,跌入黑暗的那一刻,那个念头再次疯狂。不能再等了,今夜必须离开!

不久,阮平发出了轻微的鼾声。那是为麻痹潘美红装出来的。佯装睡觉比阮平想象得要艰难,手心和脚心都出汗了。过了很长时间,阮平终于听见潘美红的呼噜声。那是她深睡的标志。阮平轻轻揭开被子,慢慢坐起,一点一点往炕沿移。移移,停停。摸索着周围,避免弄出动静。

蹲伏到地上,摸见鞋,套到脚上,他又侧耳听了听。潘美红的呼噜声在继续。刚结婚那会儿，她鼾声重一些，并不打呼噜。说不清什么时候开始的。阮平没有立起，想就这么爬出屋。地上放着痰盂，他贴着炕脚，避免碰到。他感觉到自己的肌肉僵硬，那是兴奋与紧张所致。而他的大脑则乱糟糟的。各种可能，各种假设，必须有应对方案。因为是临时起意，那方案也摇摇摆摆，如风中的衰草。也许潘美红在装睡，阮平被这个突然的推测吓了一跳。他可以装睡，潘美红为什么不能假装打呼噜呢？她严防死守，完全有可能的。她没有喝止，并非放任他离开，而是等待时机，待他出门的瞬间，她拉着灯，把他的丑态暴露在灯光下。他的狼狈必定令她非常开心。退回去，还是继续向前？他犹豫了。他听了听，潘美红的呼噜声更响了。她还在制造假象迷惑他，这个可怕的女人！怒火再次点燃，与其让她喝止、指责，不如……潘美红突然发出暴喝，如同惊雷。阮平直跳起来，将正要坐起的潘美红扑倒。她边挣扎边叫喊。阮平本想捂她的嘴，不让她叫出声，深更半夜，实在太恐怖了，没想到掐住了她的脖子。那就脖子，他下意识地想，并用了些力。她声音渐弱，终于平息。待她双臂垂落，脑袋歪偏，阮平正想松口气，脑袋轰隆一声，慌忙松开。他试了试她的鼻息，打了个冷战，迅急缩回手。

阮平不记得怎么离开、怎么跑出院子、关没关门，甚至不记得怎么跑出县城，他的大脑如暴雨后的麦田，混沌、泥泞、混乱。他只记得一个闪念，跑！只是一年多没跑步，双腿双脚都生了锈，倒是肚子没再捣乱。

沿公路跑了多久，阮平不清楚，他完全丧失了时间概念。只知道必须跑，不能停下。潘美红垂落的双臂，鼓凸的双目在脑里来回晃荡。他掐死了她。他成了杀人犯。阮平听不见自己的脚步声，耳里被“杀人犯”三个字灌满。

东方发白，阮平慢下来。实在跑不动了。衣服尽湿，呼吸反而是细弱的。他知道自己的样子狼狈极了。不能就这么逃走，逃不掉的，自首才对。这么想着，却没有回返，只是更慢了。他有些犹豫，拿不准向前还是向后。出于本能，双脚机械地动着。

一辆中巴在阮平身后发出鸣笛，太阳已经升起，不是红的，就像被踩死的蚂蚱，灰绿的尸体渗着黑色的黏液。那是通向市里的车。阮平举了举手，仍然是犹豫的。若中巴闪过去，他就往回返。中巴及时停住，车门正对着他。

十四

阮平这次选择逃往东莞。在深圳时就听说东莞号称小香港。阮平只在深圳停留一晚，他对李闯说过，凭李闯的本事，躲在深圳的哪个角落，都会轻易找到他。阮平认定抓他的一定是李闯。

找工作比他想象得容易。当天阮平就吃了一顿免费的午餐，大米饭、白萝卜炖肉。虽然没几片肉，但对惊恐的阮平已是美味。次日他就成了玩具厂的员工。

直到此时，他才喘了口气。他以为半路就会被抓回去，在车站，在火车上，打个盹儿都常常惊醒，一声咳嗽、一个喷嚏、突然响起的广播、手机的铃声，甚至情侣的打情骂俏都会在他心底掀起巨浪。他努力搜寻声音的来源，确信与他无关后，仍警惕地扫视着周围，不放过任何可疑的地方。他不敢喝太多的水，减少走动，尽量不引起他人的注意。有一次，在车站的长椅上，一个中年汉子瞄了他一眼，他直发毛。有那么一些人，似乎有读心术。他没有立即离开，假装看墙上的字，两条腿紧紧夹着，喉咙像插了把烙铁。后来，中年汉子的目光被一红头发的女人吸引过去，他迅疾离开。

不管怎么说，终是成功逃脱。阮平睡了逃亡以来第一个踏实觉。中途也被惊醒过。那实在好笑，不知谁放了个屁。他惊坐起来，愣怔了好半天。后来他就梦见了满身是血的潘美红。他有些纳闷，她是被他掐死的，哪来的血？没等他问，潘美红叫喊着扑过来。他睁开眼，晨光已经滤掉宿舍的黑暗和朦胧。

人是安稳了，心仍然是惶惶的，好似悬在万里高空，不知何时坠落，不知坠入何处。不用再东躲西藏，不过是换了形式的禁锢。他给自己画了一座监牢。每天的路线是固定的，宿舍车间厕所食堂。他从不上街，厂内有个小超市，他半个月或一个月去一趟，采购生活必需品，牙膏、牙刷、纸和笔之类。如果超市没有，而又非买不可，就托睡在下铺的安徽兄弟。他的鞋磨出了洞，都能看见脚趾了。他没换，没得换。直到安徽兄弟上街，给他捎带买了一双。

阮平不再长跑，所有的跑都在梦里。有时从车间到厕所的路上，他会跑。但几十米的距离，很快就到。就这，因主管的表扬，他也放弃了。他不想被注视，只想躲在角落。如果可以，他会戴上面具。虽然买了纸和笔，但阮平没写过几个字，每次提起笔，那失去理智的场景就会闪出来，砍刀一样乱剁，直剁得他骨骼断裂，写一个字如攀登珠穆朗玛峰一样困难。结果写作也放弃了。他没有任何爱好，吃饭睡觉干活，和那些玩具没有什么区别。如果说想象也可以算，那是他唯一没有舍弃的兴趣，且愈演愈烈，几近疯狂。

和潘美红的生活令阮平厌倦，她对他的拴捆也令他懊恼，但他并不恨她。她是个好女人。向老天保证，他只想逃离，绝对没有想过要害她。那一切怎么发生的，他能记起，却说不清楚。那一刻完全昏了头，只能这么说。怎么就昏了头？另一个问题随之而来，阮平竭力回想，有些图像是清晰的，更多图像是模糊的。然后，从头再想。不是非想不可，而是根本不能控制。在想象中，努力地修改那个过程，他完全可以像上次一样寻找合适的机会逃离潘美红，逃离宽城。那么，就不用像现在这样提心吊胆了。他可以跑步，可以在被窝里写作。他掐死了潘美红，也掐断了自己的路，掐灭了自己的未来。

从头再来。他想起那句歌词。唱唱可以，从头再来只是一句空话，只能存在于想象中。若说想象的意义，那就是让他熬过了一个又一个长夜。有时他会想到平红。潘美红不在，平红是活不下去的，确定无疑。阮平迅速被疼痛包围，就像周身插满了钢针。平红不会有事的，李闯很可能将她送到福利院，也许潘美红的干爹会收留她，还有陶班，没准也会领养她。关于平红的想象就这样繁殖，疼痛因此而减缓。不完全是为逃避，想象几乎成为他的生活方式。

阮平也曾有过自首的念头。虽有想象排遣，依然提心吊胆。可想到他被押回宽城，想到要面对那些鄙视愤怒的目光，那念头便如狂风中的花朵，很快凋零了。

似牢狱的生活持续到次年春天，阮平破例上了趟街。没想到这么一趟就发生了意外。

与赵霞有关。她也是安徽人，和阮平同一个车间。进厂一个月，阮平就注意到她投来的目光，在食堂，他常常与她相遇。那目光的意味他当然懂，也知那相遇并非凑巧。她个子不高，身形较瘦，肤色偏黄，脸形与陶碧有几分相似。阮平注意她，也是因为她的脸形。但也就是注意，她毕竟不是陶碧，而他作为逃犯，绝对不敢有别的想法。因此，他一面留意她，一面忽视她，假装什么都不知道。她和他说话，他只是礼貌性地回应。他严禁自己和她交往。但阮平越是冷淡，赵霞越是热情，有一次竟然问他能不能陪她看电影。她的进攻让阮平慌张，阮平说不能。赵霞没料他回答得如此痛快，如此决绝。她惊愕的目光渗出了晶状物。阮平掉头离开。必须让自己冷硬，别无选择。连着几日，赵霞不理阮平，食堂不再偶遇。一周后，赵霞又如先前一样了。阮平尽量躲着她，实在躲不开便冷着脸。两人的关系没有任何进展。但阮平心里还是发生了变化。倒不是他对她产生了好感，产生了渴望，而是对她有了些许关切。她撞掉了别人的饭盒，她连声致歉，并弯腰捡拾。那个男孩依然气愤愤的。她的脸涨红了。阮平与她不远，他突然想去帮她。但最终,他没有动。

那个休息日的下午，室友都外出了，洗澡、逛街、看电影,只有阮平在铺上躺着。他无聊地翻看着室友带回的通俗杂志,上周读过一遍,这是第二遍。这时赵霞在宿舍外喊他,声音急切。赵霞跑到宿舍喊他还是第一次。她大概是有什么事,这样想着,阮平利落地翻下铺。

赵霞准是以为阮平不在,她已经扭转身,听到动静,立刻回头,既惊喜又慌张。她的室友也是她的同乡突然腹痛,她是来请阮平帮忙。阮平随她跑进女工宿舍。那女孩缩在床上,脸色都变了。阮平背起女孩,赵霞抓着女孩的鞋追在身后。该叫救护车的,赵霞没提,阮平也因紧张忽略了。

跑出工厂,拦了一辆出租车,直奔医院。医生简单询问过,开了几张检查单。女孩直不起腰,上楼下楼要么是阮平背着,要么是阮平和赵霞搀着。检查完，女孩的腹痛已经有所缓解。最后诊断为肠胃痉挛，开了两瓶颠茄合剂，一盒奥美拉唑。女孩服用后又在长椅上休息了一会儿。从医院出来，她的脸色已经恢复正常，走路慢一点，但已经无碍。

那时，已近黄昏。等了一会儿，没打上车，赵霞提议走走，反正回去也没事。她问女孩行不行，女孩说可以的，走走也好。赵霞看阮平，阮平没反对。既然已经在街上，走走也无妨，数月没出厂，他都快发霉了，看见公交车、行人、摊贩，什么都感觉新鲜。

菜市场门口，一个妇女和一个粗壮的汉子正在扭打。汉子大约是喝了酒，面目泛红，骂咧着听不懂的方言。妇女披头散发，看不清她的脸，样子很像《射雕英雄传》里的梅超风。当然她没梅超风的本事，很快就被汉子撂倒了。汉子没有停，仍在她身上乱踢。

宽城也不乏打架斗殴的，黄昏的菜市场，晚间的小酒馆，未必有什么深仇大恨，不外乎缺斤短两、言语不和。他想快点离开。赵霞和女孩却停下来，两人互相抓着胳膊，显然被吓着了。若是潘美红在，她绝对不会袖手旁观。突然想起潘美红，就像胸间悬挂的钟遭到意外的撞击，年代久远，已然生锈，他以为都不会响了，沉闷、持续的声音令他惊惧。就在这时，他和赵霞的目光撞在一起。她什么都没说。钟声仍在隆隆回响。阮平没有再迟疑，径直上前，抓住汉子刺着蜈蚣的胳膊，说，别打了，会出人命的。汉子让他滚开，别找打。污浊的酒气扑过来，阮平一阵反胃，却没松手。汉子欲挣脱，但他用力太猛，又带着醉意，甩开阮平的同时，他扑倒了，血从鼻孔涌出。阮平想去扶他，汉子翻跳起来，扑向阮平。阮平转身就跑。

如果阮平沿大街跑，汉子肯定追不上他。或许是长时间没跑，他对自己没有信心，也可能是因为紧张，他跑进了菜市场。汉子叫骂着追在身后。市场两边是摊位，中间只有一条通道，也就两米宽，除了卖菜的，还有三轮车、自行车，阮平闪躲着，避免碰撞。阮平想从前面拐出去，没料踩到香蕉皮一类的东西，他滑倒了。待爬起来，汉子已经到了近前，手上多了一把刀，大概是从哪个摊位拿的。刀刺过来的那一刻，阮平整个人是蒙的。他听见周围的尖叫声，就是迈不开腿。不知谁拽了阮平一把，阮平身子后移，汉子没刺中阮平的胸腹，只划伤了他的胳膊。骤然的疼痛令阮平从懵懂中惊醒，并激起他的怒火。他跳了几步，抄起肉摊上的尖刀。他不再惧怕。他是逃犯，有什么怕的？醉汉再次扑过来，阮平躲闪的同时，刀也甩出去。

十五

醉汉被抬上救护车，阮平也被警察带走。他没有逃，甚至没离开菜市场。他低着头，周围一片嘈杂，什么都听不清。有一阵似乎听到赵霞唤他。他扫了一圈，并未看见她。

警察审讯前，说刚刚问过他的两个女伴，而且证人不止她们两个，让他如实陈述。阮平这才知道赵霞和女孩也被带到派出所了。

讯问时间不长，也不复杂，几句话就说清了。也许是阮平的供述与证人一致，警察绷着的脸渐渐松弛，甚至有那么一点点和蔼。当警察问及他的家人，阮平突然哑口。那个夜晚闪出来，他从地上跳起，掐住潘美红的脖子。就像不是去年的事，而是正在发生，坐在凳子上的他看着另一个他。他不再镇定，痛悔让他的脸扭曲变形。

阮平的反应引起警察的警觉，便问了一句，阮平知道再没有可能瞒天过海。彼时，他看清了自己的内心。躲逃生涯中，他其实一直在等待这样的机会，他没主动投案，因为他怯懦，举棋不定。现在，警察就坐在对面，他忽然生出强烈的渴望。

警察的脸再次变得严肃，目光却透着兴奋。本是街头斗殴，没料牵出一桩命案。你给李闯打电话吧，他是宽城刑警队的，阮平说。他知道自己要被带回宽城的，他怕见李闯，但又希望李闯带他回去。

四天后的中午，阮平被带进另一个房间。他猜可能李闯来了。四天，他足可以赶到东莞。

看见李闯那颗芦苇般的白头时，阮平的目光是平静的。突然间，阮平被飓风袭击，剧烈地摇晃。潘美红跟在李闯身后！阮平以为是幻觉，他努力地瞪大眼睛，直到潘美红急切的声音传过来，他才相信是真的。潘美红不仅活着，还活得好好的。他试图在她脖子上找寻痕迹，可除了褶皱，什么都没有。如强暴事件一样，那不过是他的狂幻？就这一点讲，他和潘美红一样，偏执、虚妄。他们本是一路人！

阮平明白过来，仍傻子一样呆立着。天已经热了，空气变得潮湿，若有若无的花香，近在咫尺却又远在天涯的声音在水汽中蒸腾，面前的人渐渐虚幻、模糊。

由《一水三浪》想到的

作者 胡学文

一篇(部)小说是怎么形成的? 作者最重视的是什么?在不同的写作者那里,答案必然不同。而同一位写作者在写作长、中、短篇小说时,侧重点也不会相同。我认为对于短篇小说重要的是意味、情绪和爆发力;对于中篇小说最重要的是故事、叙述和节奏;对长篇小说最重要的是结构、人物、时间和重量。当然,并不是绝对的,一篇短篇小说可能有长篇小说没有的重量,而长篇小说也可以有超越语言之外的意味,我想拿福克纳的《八月之光》举例，当然是我的感觉。小说这样写克里斯默斯的逃亡：

时间，白昼和夜晚，早已失去规律；似乎转瞬之间，在眼皮开合之际，既可以是白昼也可以是夜晚，毫无觉察。他永远也弄不清什么时候他从昼到了夜，从夜到了昼；什么时候发现自己睡过一觉而不记得曾经躺下，或者发现自己在行走而不记得曾经醒来。有时他似乎觉得，一夜睡眠——在草垛里，在土沟边，或在被人遗弃的屋顶下，会紧接着另一夜而没有白昼的间隔，中间看不到阳光消逝；有时则是一天紧接着另一天，匆匆忙忙，不断逃窜，中间没有夜晚，没有片刻休息，仿佛太阳不曾落下，抵达地平线之前又折转身沿着来的路线返回。当他走着睡去或蹲在泉边捧水喝时睡去，他根本不知道眼睛是不是还会睁开，能不能看见下一天的阳光或下一夜的星辰。

我至今记得初读这一段文字时的惊讶和兴奋，合上书在并不大的书房里走来走去，然后坐下，从头再读，如同动物反刍，越嚼越有味道。这个段落不是诗，但比诗歌更美，更具魅力。那之后不久，电视台有个栏目上门拍纪录片，我谈起这部小说，兴之所至，翻到这一页朗读起来。我的普通话和方言区别不大，第一次主动表演。读完，那个女孩问我,好在哪里?触到她眼底的疑问,我一时无言。我以为每一位读者都有同样的感觉,原来不是的。我解释过,我猜女孩并没有得到想要的答案。最好的答案就是个人的感觉。

福克纳的语言繁密冗长，但读他的长篇小说，几乎感觉不到，倒是他的短篇小说,句子尽管比长篇小说短些,仍觉得密不透风,有些沉闷。比如《烧马棚》写男孩独自坐在山顶的感觉:

回头天就要亮了，再过些时候太阳也要出来了,他也就要觉得肚子饿。不过那反正是明天的事了,现在他只觉得冷,好在走走就会不觉得冷。他现在气也不喘了，所以就决定起来再往前走，到这时他才发现自己原来是打过盹儿了，因为他看出天马上就要亮了，黑夜马上就要过去了。他从夜莺的啼声中辨得出来。如今山下黑沉沉的树林里到处是夜莺的啼鸣，拉着调子，此起彼伏，连接不断，让位给晨鸟的时刻越来越近了，夜莺的啼鸣也就越发一声接着一声。

同样精彩，可是，并没有让我迷恋到舍不得释手。被雨淋湿与完全浸透，那感觉是不一样的。很长一段时间，我都在想为什么。同样是福克纳的作品，同样的语言，为什么短篇小说和长篇小说给我的感觉不一样？究竟是什么造成了感觉的差异？某一天，我自认为想明白了，这与小说中的人物有关，读《八月之光》，我已经对克里斯默斯的身世、性格、生活环境有了足够的了解，所以有极强的带入感；而《烧马棚》中的男孩，只是外在的近距离的认识，没有彻底进入这个人物。情感的浓度不够。从这个意义上讲，塑造人物确实是长篇小说的优势。就这一点阅读经验来看，短篇、中篇、长篇小说各有倚重。但也不尽然，中、短篇小说可以写出长篇小说的分量，福克纳的另一篇短篇小说《献给爱米丽的一朵玫瑰》、马尔克斯《没有人给他写信的上校》即如是。而长篇小说也可以有意味和情绪。当然,我是指优秀的小说。优秀的小说多半什么要素都具备。

在小说的形成上,长、中、短篇小说是不一样的。长篇小说是宫殿,在建造前需有周全的设计方案,需准备钢筋、水泥、砖瓦等,还要考虑装修的样式和风格,当然,最重要的是什么人住在里面。长篇小说考验的是耐力,而短篇小说考验的是智力。我认为好的短篇小说不是长期准备、构思出来的,而是灵光闪现。大师们谈长篇小说的多,谈短篇小说的很少,如果把他们谈短篇小说的创作汇集起来,一定是本不错的教科书。

相比优势突出的长篇小说和短篇小说，中篇小说既没有长篇小说的容量，也没有短篇小说的精悍，身份似乎有些尴尬。故事、叙述、节奏，中篇小说也讲究的。但既然短篇小说可以有重量，长篇小说可以有意境，中篇小说一样可以有人物、有文体意识，一样可以有痛感，既吸短篇小说之长，也纳长篇小说之长。还是那句话，好的小说与篇幅无关。

讲起来头头是道，似乎小说很容易写，似乎其长短都得心应手。其实不是的，借用一句话，那不过是对美好的向往，与实际尚有巨大差距，唯愿距离渐渐缩减。这也是写作的动力和乐趣所在。

至于这篇小说，是为纪念我的中学时代而写。似乎有些好笑，因为我的过去既不辉煌，也不坎坷。相反，平常、暗淡、乏善可陈。我初一在村里就读，十几名学生，两位老师，一位教文科，一位教理科，两人均不懂英语，所以没开英语课。初二离开乡村，到镇上读书。有许多难忘的经历，比如晚自习后到二十里外的村庄看电影《佐罗》。“不看佐罗，一辈子白活”，这句话在当时流布很广，极具鼓动性。当然没有失望，不同于我看过的其他电影，看《佐罗》的记忆刻骨铭心。比如半夜给赌博的同学望风，可以挣几斤饭票。我守在门口，听到脚步，喊声口令，同学便吹灭油灯。那是一九八二年，还没通电。镇子不大，一小时可以绕两个来回，常去的地方除了供销社、粮库，就是跑到食品公司看收猪、杀猪。只是打发无聊的时间，孰料不知不觉间，这些碎片存储在记忆中。当我打算写一篇与那个时代有关的小说时，这些碎片连缀起来，翻滚升腾，如同沸水。

这不是小说最初的样子，写毕后，东捷老师和永平兄提出了很好的修改意见，在此衷心致谢！